AF397240

P-M Johansson-Sutare

HISTORIER

FRÅN

VÄSTERGÖTLAND

OCH

SMÅLAND

- Novellsamling

Förlag: BoD - Books on Demand, Stockholm, Sverige

Tryck: BoD - Books on Demand, Norderstedt, Tyskland

ISBN: 978-91-7699-288-3

Utgivet av Johansson-Sutare:

Öststatsteknik för Svenskar – Fakta om Svensk hyresreglering. 2006 (Magnus Sutare)
Öststatsteknik för Svenskar – Romanversionen. 2006 (Magnus Sutare)
Kamprad och Räven - 2013
Mitt mödosamma liv - 2013
Historier från Småland - 2013
Svensk bostadsbrist för dummies - 2014
Huset Langdon – 2014
Historier från Västergötland och Småland – 2016
Fler noveller från Småland och andra land - 2017

Västgöta-Persson

Jag la inte ackurat örat mot rälsen och lyssnade uppmärksamt efter tecken på liv. Det var alls inte nödvändigt, för Persson var den sortens karl som presenterade sig själv. Utan åtbörder, halvkvävda ursäkter och krusiduller. Han gick alltid rakt på sak med bullrande gång och föste undan eventuella hinder som om de vore grässtrån på en äng. Den väl tilltagna kroppshyddan pryddes av en rejäl kulmage som gungade i takt med hans framfart och hotade att spränga både vitskjorta, hängsler och blazer. Dessbättre för omgivningen var han sällan i stånd att veva, härja och fara omkring längre än ett par minuter i taget. Sedan dråsade han ner i någon fåtölj och blev sittande ett bra tag. Sällan tyst, men tryggt placerad där man visste var man hade honom. Fick han bara kaffe, öl, småvarmt och en och annan jamare, kunde han till och med vara riktigt underhållande. Som sig bör i Västergötland uttalas inte Persson med ä, utan med e och sch-ljud. Väsjötta-Peschôn rätt och slätt.

Jag var bara sju år gammal när jag träffade honom första gången. Han satt nedsjunken i mormors korgstol och skroderade och gick an, ungefär som förväntat, som jag hade förställt mig honom genom andras berättelser. Persson tyckte mycket om barn och ville gärna visa sig på styva linan med trolleritrix och diverse tramserier. Det var dock vardagsmat, så det som verkligen imponerade på mig var när han plötsligt drog fram en diger rulle sedlar ur byxfickan. Han bläddrade fram och tillbaka och sedlar med orimligt många nolltal glimtade förbi mina uppspärrade ögon. Persson tittade ömsom ut i luften, ömsom på mig och fick så småningom fram en sedel av den lägsta valören och tryckte den i min hand.

"Du sa ro över sjöen, å när du kômmer fram sa du köpa för fyra kroner rumpedrag åt mek hos lanthandlarn i viken. Å sen sa du få en heler krona för dek själver å handla för, bara för att du e en sônn doktier pôjk."

Sedan skrockade han så att mage och dubbelhakor dallrade i kapp. Han blinkade åt Ljungbacka-Erik och bad honom följa mig neråt sjön till. Ögonen stod rakt ut på mig av iver. Så klart att jag ville komma ut och ro i solskenet och samtidigt tjäna en krona. Det var en hel förmögenhet för en liten pilt.

"Ja, semma, de kan du vell?", sa Erik.

"klart jag kan", ljög jag det bästa jag kunde.

"Ha män, du e en bra pôjk, men semma de behövs ente se, för du har ju ennasôm båten. Jomän. De e rolit se!"

När jag väl hade rott i land framme i viken, möttes jag av en brett leende lanthandlare. Han kliade sig lite lagom i nacken med vänsterhanden, medan den högra gnuggade en väderbiten gubbhaka. Jag kunde höra hur skägg-stubben rev mot den grova näven, men ur handlarens mun kom inget vettigt alls. Han såg bara fjantig ut. Som om han behövde gå på dass.

"Rumpedrag säger du, ja. Ha män, de va lite värre det. Ja sa gå å tetta här bak om vi har nôtt igen utå di", fick han till slut ur sig och lommade ut genom bakdörren.

När han omsider kom tillbaka såg han riktigt belåten ut, men något rumpedrag det hade han inte.

"Ha män, di e schlut se. De e monga som vell ha rumpedrag, men va de ente nôtt mer du sulle ha?"

"Nej, det var ju rumpedrag jag skulle ha. Har du inget gammalt uttjänt rumpedrag jag kunde ta? Det går bra med vad som helst. Persson blir inte glad om jag kommer tomhänt tillbaka."

"De e värre de. De fenns ingenting utå di herra rumpedragen, e ja rädder för. Men Peschônn sa vell at du sulle ha nåe te dek själver. Nu när du rodde hele vejen över sjöen?"

"Jo, det klart. Jag skulle få handla för en krona, men nu har du ju inget rumpedrag, så jag vet inte."

"Men, de tror ja absolut att du ska. Du sa få handla för en krona karameller her utå mej, de sa du få. Det brukar va sônn me han Peschônn, att när de ente fenns nôtt rumpedrag, då sa drängen ha sin lön i alle fall. Å sen brukar de va sônn att om en ror över sjöen etter rumpedrag när de ente fenns nôtt, då sa han som har rott få gotterier för en krona tell, alldeles gratis utå mek. De bler vell bra!"

När jag rodde tillbaka över sjön, tom på rumpedrag, men överlastad med gottepåsar och choklad, var jag naturligtvis överlycklig, fast samtidigt lite orolig för att Persson skulle vara grinig för det här med rumpedraget i alla fall. Väl framme i huset noterade jag att Persson hade förflyttat sin rundlagda lekamen till soffan där han nu som bäst låg och drog timmerstockar. När jag försökte smyga förbi, vaknade han till, grymtade och smackade yrvaket med munnen och undrade hur jag hade haft det. När jag förklarade att det intet rumpedrag fanns och räckte honom växelpengarna, två stycken tvåkronor med gamle kungen på, viftade Persson avvärjande med sina dasslock till nävar.

”Nej, nej, min pôjk. Ja vell ente ha nôtt tebaka. Har du väl fått en sedel i din hand så sa du alltid behôlla han. Hur sa du annars ble riker?”

Mormor konfiskerade resolut mitt berg av godis och förpassade alltsamman till ett högt beläget skåp utom räckhåll för mina chokladfläckade fingrar. Lite om dagen, som hon brukade säga, är bäst för magen. Dessbättre hade jag redan gått hårt åt innehållet och kunde krypa till sängs mätt och belåten. Det kändes nästan som att alla gotterna gjorde att magen buktade ut lite grand. De båda tvåkronorna behöll jag för egen räkning, precis som Persson hade sagt att jag skulle göra. Hur mycket jag än tjatade om Persson och undrade när han skulle komma tillbaka, var mormor stört omöjlig och ville ha det till att Persson var en drummel, trots att jag insisterade på att Persson var i stort behov av rumpedrag och sannolikt skulle behöva min hjälp igen.

”Jag kan själv ge dig ett rumpedrag” sa hon och nöp mig i baken så att jag tjoade i högan sky.

Tjugofem år senare återvände jag än en gång till trakten. Mormor och Morfar var döda sedan en tid tillbaka och nu hade det fallit på min lott att avveckla egendomarna och få saker och ting sålda. Jag behövde inte vänta länge. Ett dammoln i fjärran skvallrade om att Persson var i antågande i sin förträffliga Amazon. Nu var det på det viset att Persson var lite halvt om halvt mäklare vid sidan av, trots att han hade uppnått pensionsåldern och mer därtill. Vad det egentligen var som var i mitten när man talade om sidan av, var inte lätt att få grepp om när det gällde Persson. Han kunde figurera som allmän affärsman, auktionsutropare och till och med gode man, om det ville sig väl, eller illa, beroende på vem som uttalade sig.

”Ja har ennasôm hetta ena köpare te hele sjakkarongen, se. Ena riker kær från Skara. Å han har redan betalt handpenning å allting, så de e så bra så, så nu får vi bara se te å få allt påskrevet. De bler på mônnda.”

”Det må jag säga var raskt marscherat, Persson. Och han prutade inte på priset?”

”Det var enna lite dyrt, tôckte han förstås, men de tog ja fort ur han, så nog skriver han på på det rätta priset alltid, ha män! Å de var sôm sagt sôm så att handpenninga den har jag allt här den, så den sa du få med en gång”, varpå Persson rotade i fickan på kostymbyxan och bläddrade upp tjugofem skinande tusenlappar från en diger sedelbunt. Ett kärt gammalt minne från barndomen.

”Det är fortfarande kontant betalning som gäller, ser jag. Du har inte funderat på att skaffa bankkonto och diverse moderniteter? Och du kom väl ihåg att räkna av ett par tusen åt dig själv?”

”Ha män, det reder sig”, sa Persson. ”Klockan 10 på mônnda då. På banken. De va ena finer kær från Skara, som rökte cegar å allt.”

Påföljande måndag infann sig köparen punktligt och affären kunde göras upp utan debacle. Nämnde kær från Skara bolmade mycket riktigt på sin cigarr och allt var frid och gamman. Det var först när jag skulle omsätta de tjugofem tusenlapparna som jag blev något fundersam.

”Det här är gamla sedlar som gått ut, sa bankkamreren förnumstigt. Ja i alla fall ett par av dom. Dom flesta är blanka och nya, men dom här fem har inte gått att använda på flera decennier. Och nötta är dom, och inte luktar dom särskilt gott heller.”

Som jag förstod det hade Persson smugit in ett par av sina gamla, utgångna sedlar bland de nya. Ett så pass lumpet trick. För inte hade väl kæren med cegaren gett gamla sedlar åt Persson. Eller var det så banalt att gubbskrället av misstag hade fått in ett par av sina gamla sedlar bland mina? En del av sedlarna som han alltid bar med sig i fickan måste ha legat där sedan urminnes tider och doftade också därefter.

"De sa du'nte va lessen för", sa Börje på Sjömaden. Mynthandlarna betaler bra för di dera. Du kan nock få det femdubbla sulle ja tro."

Börjes förutsägelse skulle visa sig vara riktig. Tre av de fem sedlarna tillhörde en mycket värdefull serie som betalade sig mer än väl. Nu dröjde det inte länge innan det åter brakade och bolmade över nejden. Det var Västgöta-Persson med Amazon och allt som oblygt förklarade att det var något han hade glömt.

"Ja, nog var det väl sônn at di dera sedlera var gamla å sketna, å giltia e dôm vell ente heller. Di har legat där i bôxfecka så länge att di kôm in bland di nye. De va ennasôm domt att ja tok så fel. Du har vell di kvar? Här sa du få nya å fina i stället."

"Njaa", sa jag och drog på det. "Det klart att jag har di kvar, nog har jag det, men ja behôller di allt själver jag, du Peschôn."

"Njaaha, men det bler vel domt ändå. Di dera sedlera e ju värda möe mer enn de sômm står på di, kantänka. Då blir de ju lite orättfärdigt på nôtt sätt, om man säger."

"Jaa, men de har du ju själver sagt. Att om man får en sedel i sin hand så sa man alltid behålla den, vare sig det finns rumpedrag eller ej."

Ordlista – Västgötska uttryck:
Dek – Dig
Mek - Mig
Sek - Sig

Evangelium enligt Mauten

Enligt Mautens sätt att se på saken fanns det bara två olika slags mat, eller maut, som det hette på Mautens idiom. Antingen var mauten bra eller så var den inte det, och då var den följaktligen dauli. Bra maut var sådan maut som Mauten var van vid sedan barnsben. Oftast kött och pärer med brunsås. Helst ackompanjerat med lingonsylt eller svart vinbärsgelé. Om det dessutom slank med en eller annan överkokt grönsak protesterade Mauten inte nämnvärt mot det. Om Ris, pasta och liknande nymodigheter tyckte Mauten som regel inte.

Det var nu inte så mycket att orda om. Vem har inte favoriträtter, och vem vänder inte bort huvudet i vämjelse när det serveras ljummen kålsoppa? Förvisso, men saken var den att Mauten hade för ovana att fälla dräpande kommentarer så fort han konfronterades med sådan maut som han ansåg skulle klassificeras som dauli. Det var som om hela karlen bytte skepnad. Först kom ett surmulet och knappt hörbart muttrande som om det ville sig illa kunde eskaleras till långa haranger av detaljerade beskrivningar om anrättningens tillkortakommanden, utan hänsyn till vare sig värdinnas eller eventuell kocks känsliga öron. Men det är väl egentligen mänskligt. Nog är det väl så att när något som ligger oss varmt om hjärtat är bra, nickar vi bara och registrerar att allt är som förväntat, men om något inte faller oss på läppen, då är vi snabba att kverulera och åbäka oss. Och så var alltså fallet med Mauten, i alla fall när det gällde ämnet maut. Han höll sig lugn och fin så länge köttet var mört och lent och kändes som en silkeshalsduk mot gommen, men alltid fanns det väl något litet att klaga på och då blev det som sagt annat ljud i skällan.

Hans hulda moder hade tidigt fått lära sig vilken finsmakare hon hade närt vid sin barm och passade sig noga för att servera maut som kunde räknas till det daulia slaget. Sådan klagolåt ville hon inte lyssna på. Det räckte med att gubben hennes hade ont åt ischiasen till och gärna ville upplysa sin omgivning om detta faktum i tid och otid. Latmasken hade visst hoppat upp och satt sig i ynkryggen, som traktens lustigkurrar gärna sammanfattade saken, trots att gubbstackarn fick gå dubbelvikt i bortemot tio år innan vår herre förbarmade sig över honom.

Om Mauten hade varit inne i stan i något ärende och folk ville veta hur han hade haft det där, kunde han humma lite grand om det ena och det andra, men till syvende og sidst kom han ändå alltid in på det här med mauten. Hur bra och spännande det än hade varit inne i stan, var det, när allt kom omkring, inte så mycket bevänt med den förtäring som hade erbjudits.

"Det var dauli maut", slog Mauten fast och såg butter ut.

Så småningom blev det till ett allmänt nöje att lyssna på Mautens kulinariska utläggningar. Det gick till och med så långt att folk i bygden knappt mindes vad karlen egentligen hette.

"Ja, han den där heren, han Asplunds here, va han nu heter igen. Han som alltid pratar om maut. Mauten som dom kallar han."

Vad hade egentligen Mauten tyckt om det som serverades på bröllopet i Duvelycke? Till synes en meningslös fråga, eftersom man kunde misstänka att Mauten låtit sig väl smaka av det ena och det andra, men naturligtvis inte hade kunnat låta bli att anmärka på någon av sidorätterna, eller varför inte på efterrätten, som visst hade varit av franskt ursprung och på gränsen till oätlig. Men var det ändå inte så att traktens kokerskor steg en smula i graderna om Mauten hade låtit bli att anmärka på just deras mat? Och om någon vanlig dödlig hade mage att klaga på en anrättning kunde kocken nytert hänvisa till att självaste Mauten hade ätit just precis samma rätt utan att så mycket som lyft på ögonbrynen. Det gällde att se det positiva i att ha en karl som Mauten i grannskapet.

Sedan gick det som det brukade gå, i verklighet som i saga, att en yngling finner sig en flicka och sätter bo. Mauten var så klart inget undantag, men med tanke på hans små egenheter kunde det förstås bjuda på utmaningar för en flicka som var hågad. Elin i Röshult var en i grunden bra gräbba, kanske en aning trulig och drömmande, men vad gjorde väl det. Huvudsaken var att hon fick leva tillsammans med sin utsedde prins. Likaväl blev det till en plåga att dag efter dag få lyssna till sin makes ideliga indiskreta förslag till förbättringar. Små nålstick som plötsligt kunde börja klia och ställa till oreda i flickhuvudet och så tvivel kring begreppet drömprins. En kulen höstdag när regnet strilade ner i den småländska myllan och livet tedde sig aningen trist, fick Elin för sig att med ondskap i sinnet spilla ner större delen av pepparkaret i köttfärsen. Mauten grinade illa när han satte tänderna i den första köttbullen, men var inte dummare än att han begrep att något var i görningen och gjorde därför ingen affär av det hela. I stället tuggade han och svalde i rask takt, alltmedan det rök ur öronen på honom.

"Nåå, tycker du om min maut, kära du?"
"Inte är det något fel på den"
"Inte det?"

"Inte något värt att nämna."

"Lite kryddstarkt kanske?"

"Det kan kanske ligga något i det. För den som är lagd åt det känsliga hållet kan tänkas."

"Och det är väl precis den sortens karl du är, så sitt inte där och låtsas att allt plötsligt är gott och bra, din karlslok", skrek Elin och rusade storgråtande hem till sin arma moder, som väl knappast förvånades över att bägaren till slut hade runnit över för sin dotter, som nu tog sitt pick och pack och flyttade ifrån Mauten för gott.

Så kom det sig en gång frampå höstkanten att några karlar strax över valpåldern fick för sig att driva gäck med den några år äldre Mauten. Det fick stanna vid ett subtilt häcklande. De måste passa sig noga och hålla god ton utan att raljera, för Mauten var ingalunda att betrakta som något slags efterblivet bygdeoriginal. Han kunde knappast räknas som vare sig vek eller mindre vetande och om man inte uppförde sig kunde Mauten surmulet avfärda hög som låg som om de vore av ändtarm förorenad luft. Mauten hade huvudet på skaft och hans enda last var den att det fanns en direktlinje mellan smaklökarnas känslighet och tungans formuleringskonst. Ynglingarna hade fått för sig att bjuda Mauten på finkrog inne stan. En del av dem hade lagt sig till med högfärdiga vanor när de kom bort från bondlandet och började läsa på universitetet. Nog skulle väl Mauten lyckas råka i luven på finkrogens mästerkock med alla sina extravaganser och för Mauten okänd maut. Det var i alla fall ett nöje de i sin enfald gick och hoppades på.

På finkrogen var rätterna små, men många. Det var en fördel för ynglingarna eftersom de inte kunde tänka sig att kocken skulle kunna ha tur mer än ett par gånger i sträck. Under en sjurätters middag skulle väl ändå Mauten till slut få nog av krafset och i vanlig ordning börja morra, gnälla och kasta invektiv runt bordet så att det ekade ända in i köksregionerna. Ynglingarna lirkade och trixade med Mauten. Var inte oxterrinen en aning salt ändå? Men Mauten lät sig inte bevekas. Efterhand som rätterna kom in på bordet, mumlade, smackade och tuggade Mauten som bara den och verkade inte lida någon större nöd. Till de sammansvurnas besvikelse ville han heller inte brista ut i någon generell kverulering som gick ut på att en av landets ledande kockar var en charlatan som serverade halvdauli maut.

"Jag vet nog vad ni är ute efter, herar", sa Mauten lågmält när det hade kommit ut på gatan. "Fast ni kan väl begripa att till och med en sån som jag vet hur man uppför sig på finkrog. Och det vet väl jag som har ätit så möe maut, att det här var fråga om bra maut överlag. Speciellt biffen med primörer. Fast något litet var rent daulit, på gränsen till oätligt, det kan jag villigt erkänna. Jag såg att ni grimaserade, ni också. Men ärligt talat så tycker jag synd om er. Vi har suttit här i timmavis och stoppat i oss den ena fina rätten efter den andra, och det måste ha kostat er en förmögenhet. Ändå kan ni inte ha blivit mer än halvmätta. Jag kommer själv ihåg vilken aptit jag hade när jag var i er ålder. Dom serverar ju bara små prover på den här restaurangen och har ändå mage att ta bra betalt. Man satt hela tiden och väntade på att den rediga mauten skulle komma in. Kom nu med här herar, så ska jag bjuda på varm korv. Ni ska få så många att ni blir riktigt mätta. Det har ni gjort er förtjänta av."

Som tidigare nämnts fanns det inget att anmärka på Mautens intellektuella företräden. Med huvudet på skaft klarade han brevkursen till ingenjör med bravur. Så småningom rekryterades han av en större firma i Göteborg och skulle alltmer sällan skådas i hembygden. Åren gick och Mautens bravader föll så sakteliga i glömska för den breda allmänheten. Själv tillhörde jag dem som mindes honom mycket väl, ja kanske till och med saknade honom och hans talanger. Jag minns speciellt en gång när jag satt på ett bygdegårdskalas och förtvivlat tuggade på en mer än svårsmält skiva älgkött. Då kunde jag inte undvika att låta tankarna fly till den gamle gode Mauten och vad han skulle ha gjort i samma situation. Hur självklart skulle han inte ha brustit ut i en högljudd recension, som snabbt kunde utvecklas till att bli hela kalasets huvudnummer. Moloket såg jag än till höger, än till vänster, men ingen ville möta min flackande blick. Bordsgrannarna tuggade så ljudlöst de bara förmådde, svalde alltför stora bitar och styrde förlägna in samtalet på det myckna regnandet. Nog var det fler än jag som mindes Mauten.

Flera år senare hade jag vägarna förbi Göteborg och beslöt mig för att söka upp Mauten. Han verkade uppriktigt glad att se mig. Inget viss-vassande, fladdrande med blicken och prat om brådskande ärenden att passa. I stället tog han mig i hand och började villigt berätta om hur livet hade farit fram med honom under alla dessa år hemifrån.

"Visst är det fint att bo i Göt-la-borg", skojade Mauten. "Sveriges framsida och allt. Dom har fått lära sig att vi smålänningar ska ha extra rabatt."
"Och fruntimmerna, kan dom laga maut med nån reda?"
"Det kan vara lite si och så med det, men det är inte så farligt för på samma sätt som att utbudet av fruntimmer är större här, finns det alltid någon restaurang som serverar bra nog maut om det skulle bli för illa."
"Så roligt att höra!"

"Ja, och sen ska jag berätta för dig att det här med ingenjörsjobbet visst var både roligt och bra betalt, men när man kommer upp i en viss ålder kan man bli lite mätt på det ena och mer sugen på det andra, så att säga."
"Jahaja. Det säger du?"
"Javisst, förstår du. Jag har gått och blivit krögare på gamledar. Egenföretagare."
"Det var inte illa. Inte illa alls och det förstår man ju att en bättre krögare än du väl knappast går att uppbringa, med tanke på hur stor erfarenhet du har av maut."
"Nog är det så alltid, nog är det så."
"Hur går affärerna då?"

Mauten tog tag i min arm och drog ivrigt i väg med mig neråt Vasaparken till. När vi passerade Hagakyrkan fick jag syn på en snitsig skylt framför en smakfullt inredd källarlokal som kort och gott lydde:

MAUTENS

Mautens, på småländska och allt, mitt i götarnas huvudstad. Mauten motade ner mig i källaren och gav högljutt order om traktering. Han trugade på mig sina bästa rätter och en diger dessert som kronan på verket. Alltsamman sköljdes ner med öl och Genever.

"Det var verkligen gott det här, Mauten", sa jag utan att göra mig till. "Riktig gourmetmat och stora härliga portioner som mättar den svultnaste hamnsjåare, fast det klart, den här gelèn, är den ändå inte lite väl söt.....vad är det för en kock som har nedlåtit sig till sådant?"

Åt detta mitt tafatta försök att klaga på Mautens egen maut på Mautens vis, skrattade han gott. Han visste så väl att hans restaurang var den bästa i sitt slag. Mätta och belåtna snubblade vi ut på Haga Nygata. Då fäste jag blicken på ytterligare en krogskylt.

FIN-MAUTENS

"Det var det värsta jag har sett. Har någon stulit ditt firmanamn? En sån utstuderad fräckhet. Och i samma hus till på köpet. Blir du inte rosenrasande?"
"Ånej", genmälde Mauten lugnt. "Det där är allt min restaurang den också."
"Det var inte dåligt, må jag säga. Så du har ett kök för allmogen i källaren och ett annat för noblessen uppe på övervåningen?"
"Nja, inte riktigt. Jag har faktiskt bara ett enda kök där alla rätterna lagas."
"Då får du allt passa dig så att finkrogsgästerna inte får arbetarmat på tallrikarna."
"Ja, det kan man tro, men faktum är att det är precis vad dom får. Det är i princip samma maut som serveras på båda restaurangerna. Fast på finkrogen ska det vara betydligt mindre portioner och lite tingel-tangel och krusiduller på tallriken så att det ser fint och dyrt ut."

Nu riktade jag blicken på finkrogsmenyn, som hängde utanför dörren, och häpnade.

"Men finkrogsmaten är ju mer än dubbelt så dyr!"
"Naturligtvis är den det."
"Men är inte det lurendrejeri? Samma mat, fast mindre på tallriken till högre pris."
"Sänker jag priset, skulle det inte komma en människa, begriper du väl. Då skulle ju ingen tro att det var finkrogsmat."

Ordlista, sydsmåländska uttryck:

Here - pojke eller son
Gräbba – flicka eller dotter
Pärer – potatis
Dauli – dålig
Möe - mycket

Kärlek på veranda

"Nu har brevet kommet."

"Har de de? Va skriver di då?"

"Di kommer hem te påsk."

"Va ska vi sä då?"

"Vi få sä som de ä. Att pengana ä borta."

Den gamla klockan inne i kammaren lät plötsligt inte lika trygg och hemtrevlig längre. Varje tickande innebar at makarna Magnus och Karolina kom ytterligare en sekund närmare den oundvikliga konfrontationen. Utanför fönstret, på lagårdstaket, droppade det redan från snö och istappar. Ett illavarslande tecken på att både våren och påsken var i snart antågande.

I Holkya by gick livet sin gilla gång, som det brukar heta. Så var det kanske förr i världen, men inte nu längre. Det var bara ett par decennier sedan det hade börjat dåna och leva om ute i de förut så tysta och idylliska smålandsbygderna. Plötsligt hade horder av råbarkade arbetare uppenbarat sig. Skog revs ner utan pardon och innan man visste ordet av hade det byggts en gigantisk järnväg rakt igenom hjärtat av grannsocknen. Sedan dess var ingenting sig likt. Nu färdades inte bara nyheter och skvaller lika fort som tåget. Det var också lättvint för vem som ville, att köpa sig en biljett och fara kryss och tvärs för att se sig om eller ta arbeten som lönade sig bättre än dagsverken i jordbruket. Magnus och Karolina satt på egen gård hemma i Holkya, men hade redan fått släppa iväg tre av sina barn till det förgjordade Amerikat. Kanske kom de tillbaka, kanske inte. Nu var det bara lille Kalle kvar och han var som han var. Lite saktfärdig och kom sig inte för att göra något vidare. Kanske var det nerverna som spökade. Man visste inte så noga. Någon gång kunde han få för sig att han skulle ge sig ut på dans med de andra ungdomarna i byn, men hur det än var blev han alltmer tveksam ju närmare lördagen kom. På lördagseftermiddagen blev det ett rent gissel att behöva lyssna på hans ältande om för och emot. När han såg som mest villrådig ut fann Karolina det bäst att ge sin arme son en regelrätt reträttväg ut ur sitt dilemma.

"Det kan nog dra ihop sig till regn framåt quällen, kan en tro. Det är kanske lika bra att du blir hemma i alla fall. Sätt de här ve spiswärmen så ska jag koka witå gröt te de."

Och så fick det bli. Så fort det närmade sig danskväll yttrade Karolina de förlösande orden som innebar att hennes Kalle kunde stanna hemma med gott mod och frid i sinnet. "Bli hemma du Kalle lelle, så ska jag koka witå gröt te de."

"Det där amerikafarandet. Det vet ja då rakt ente va de ska va bra te", kunde Magnus häva ur sig när det kom brev från de frånvarande barnen.

"Det vet du nog", kunde Karolina erinra honom. "Både Emma och Hulda har skickat en tia till jul. Det kan vi ha bruk för. Det vet du så väl och tänk så fina di ä på korten di skickar. Nya klänningar, hattar och allsköns krusiduller."

Och nog var det så att det var annat krut i de där dollarna än i vanliga svenska kronor. Så mycket hade de begripit. En dag i höstas hade Magnus varit inne i kyrkbyn och hämtat ännu ett amerikabrev och det var en sann glädje för de halvgamla föräldrarna att läsa att deras äldsta dotter skulle komma hem.

"Hon har gift sig mä Axel i Gunhult, där borta i Denver och nu ska di komma hem å köpa går. De ska komma en postanvisning med flera tusen riksdaler te oss som vi ska ta hand om tess di kommer hem. Då ska di köpa en stor å finer går för pengana."

Hur det nu än var så tog det lite tid innan Emma och Axel hann sälja av allt de ägde borta i Denver och ordna med hemresan. De hade redan skickat hem sparpengarna som skulle bekosta inköpet av en rekorderlig gård någonstans i hembygden. De fick se vad som fanns till salu när de väl var hemma. Magnus var stolt och hög i hatten och kunde inte låta bli att berätta den stora nyheten för alla som lyssnade och inte lyssnade.

"De ä väl inget märkvärdigt mä de", menade Arthur i Välje. "Det finns väl amerikaungar i varje liten torpstuga nu för tiden."

"Jaa, de klart ja, men nu ä de ju som så att Emma, min gräbba, ska köpa en stor å finer går, som sagt var. Å pengar de har hon allaredan skickat hem hit te oss."

"Ja-ja, såna historier har jag väl hört hundra gånger förr", sa Arthur och spelade oberörd.

Det fina med Arthur var att han var noga med att föra vidare allt av intresse som han hade snappat upp ute i byarna och det var inte många som hade något att invända mot det faktum att han la till och drog ifrån i lagom portioner, så att historierna alltid tog sig väl ut när Arthur satte igång att skvallra och skrodera.

"Nu ska ni höra", började Arthur och såg finurlig ut. Det såg nästan ut som att de pigga och nyfikna ögonen rullade av talträngdhet där de satt mitt uppe i Arthurs kraftiga jordbrukaransikte. "Masse i Holkyas gräbba ä hemförlovad å 100 000 kroner har hon redan skickat hem. Nu ska det bli herrgårdsbygge utav här i socknen. Sanna mina ord."

Arthur var nu inte ensam om att vara vetgirig och pratglad, så snart var historien vida känd, både i Virestad och i grannsocknarna och det dröjde inte länge innan Magnus och Karolina fick ta emot celebert besök i sin enkla stuga.

"Å, stuga skulle jag alls inte kalla det", sade den sobre herrn som var utstyrd med både höghatt och spatserkäpp. "En gedigen mangårdsbyggnad till en stor och välskött gård är ackurat vad det är. Jo män! Och lilla frun här ser ut som om hon vore nykonfirmerad, inte en dag äldre."

Magnus och Karolina hade väl aldrig hört på maken och slog både ifrån sig och rodnade på samma gång. Inte var de så dumma att de trodde på ett enda ord av vad den fine herrn sa, men nog var det en ytterst vältalig och belevad karl som hade kommit på besök.

"Jo, som sagt var. Jag har inte kommit hit för att betrakta de fina omgivningarna. Jag hade ju ett ärende också. Jag tänkte helt enkelt föreslå en affär. En lukrativ sådan till och med."

"Jaa, de vet ja inte om det är nåt för oss. Vi är bara enkla bönder", invände Magnus.

"Enkla och enkla, vet jag inte precis. Det har inte undgått mitt öra att ni har kommit i besittning av en större summa pengar, och det vore synd att inte låta ett så pass stort kapital arbeta för sig själv och bli större."

"Ja, det ä ju tjugetusen, men de ska va te en går som min gräbba å måg ska köpa när di kommer hem från Colorado."

"Ähum, jaha", sa herrn som förmodligen hade hört berättas om ett betydligt större belopp. "Men det är inte en oansenlig summa på något vis och nog skulle väl gräbban i fråga bli ganska så förvånad om ni hade förtitusen att ge henne i stället för bara tjugo?"

"Å, de tror ja inte möt på. Hur de skulle gå te, de begriper ja då rakt inte."

"Å, det är så gesvint, så. Och det fina i kråksången är att ni inte behöver göra ett dyft. Mer än att skriva på papperet så klart. Se här! Skriv under här nere så tar jag hand om pengarna åt er och om bara ett halvår är jag tillbaka med 100% ränta. Det rör sig om bombsäkra aktier, nämligen. En välrenommerad firma som garanterar stabil avkastning på insatt kapital."

"Det tål å tänkas på det", invände de båda makarna.

"Jaha ja, men då måste jag tyvärr säga att jag inte kan lova någonting längre. I affärssammanhang gäller det att smida medan järnet är varmt. Jag vill självfallet att ni ska skriva på, men om ni inte bestämmer er fort nog så måste jag gå vidare till andra investerare. Jag vet att ett par av Virestadbönderna lär vara mer än hugade att gå in i ert ställe."

"Jaha, ja då så är det kanske lika bra å skriva på. Men då ä du tebaka te våren då? Mä pengar å ränta."

"Det kan du lita på", sa den sobre herrn och tryckte både Magnus och Karolinas händer så hårt att de kändes ömma i flera dar. Många år senare kunde Karolina sitta ensam vid spisen, se på sin högra hand och lakoniskt konstatera att nog värkte det fortfarande av den där fine herremannens alltför fasta handslag. En smärta som hade förflyttat sig från hand till själ och mejslat ut et djupt sår, för inte såg de röken av någon herreman och när den olycksalige Arthur satte tänderna i den sensationella nyheten var hela historien ute i bygden på nolltid. Kanske var det lika så bra, för när Emma möttes av sin mor och far vid stationen i Diö, omfamnade hon sin gråtande mor och sa som det var.

"Jag vet, mor. Jag har redan hört det."

Det skrevs otaliga brev från de småländska byarna till Amerika och så småningom hade nyheten nått riktig anhalt i Colorado via gemensamma vänner. Emma och Axel hade ändå valt att komma hem. De hade ett par tusen kvar, men inte räckte det till vare sig herrgård eller småställe. Huruvida Arthur såg på fullbordat faktum med skadeglädje eller äkta deltagande är svårt att veta. Huvudsaken för honom var att det fanns något att berätta om och spekulera i. Ont eller gott. Snart kunde Arthur förmedla ännu en spännande nyhet. Magnus och Karolina överlät sin gård till Emma. Själva köpte de en mindre gård, ett par kilometer bort, inne i grannsocknen.

Åren gick och Emma och Axel sadlade om från stadsliv i Denver till att bli rekorderliga lantbrukare i den sydsmåländska myllan. Axel blev till och med betrodd man i det kommunala medan hustrun var strängt upptagen med att föda och fostra inte mindre än elva barn. När äldsta dottern, Sally, korsade Änkans gårdsplan och svängde upp till Magnus och Karolinas gård, såg hon ofta hur Änkans Johan sprätte omkring i diverse göromål på gården. Han var hela tolv år äldre och hon såg på honom som en torr gammal gubbe, trots att han bara var i tjugoårsåldern.

"Har du ingen fru", kunde hon få för sig att fråga på småflickors vis.

"Nä, fruntimmer de har ja inte tid mä. De ä så mö arbe här på gåren, kan du väl begripa."

Det kunde Änkans Johan ha rätt i. Han hade alltid fått jobba och stå i. Hans far dog i tuberkulosen ett par månader innan Johan föddes och då stod Änkan ensam med tre flickor och lille Johan. Något som innebar att Johan tidigt fick axla rollen som bonde och familjeförsörjare.

Sally blev äldre och tog tjänst inne i samhället, men sina gamla morföräldrar glömde hon inte bort. Nu var det ganska länge sedan hon hade varit på besök, men den här gången la hon också märke till en annan bekant syn. Det var Änkans Johan. Han såg ut ungefär som han alltid hade gjort, men till sin förvåning insåg hon att han satt på verandan och fingrade på ett gammalt dragspel. Det visade sig att Johan till på köpet fick fram en och annan ton som lät riktigt bra. Det vittnade om oanade talanger.

"Sitter du här själv i sommarkvällen? Går du inte på dans?"

"Nä det vet du väl att jag har så mö å göra att jag blir för trött för töcket. De ä mö arbe här på gåren."

"Och fruntimmer är det ont om, förstår jag?"

"Å twi, ja inte har jag tid med töcket heller."

Det som förvånade Sally var att Änkans Johan inte riktigt kändes som en gubbe längre. Mer som en jämnårig faktiskt. Sally tog för vana att stanna till hos Johan på verandan och fick honom att spela några av hennes favoritmelodier, så gott han förmådde.

"Skulle det inte vara trevligt med ett fruntimmer i huset i alla fall?", dristade hon sig att säga en ljum lördagsafton i augusti då bina surrade under de stora lönnarna.

"Det tål å tänkas på det. De ä mö arbe som ska hinnas mä, som sagt var."

"Man ska nog inte tänka för länge", replikerade Sally och kysste Johan mitt på munnen. "Å du ska veta att jag är lika duktig på att arbeta som att kyssas."

"Jaha, då så", sa Johan och fick erfara att det som regel var en god idé att följa Sallys råd. Hon var en dam som var van att få sin vilja igenom.

Historien är baserad på verkliga händelser, med undantag av att den sobre herrn i verkligheten lär ha varit en person boende i trakten, som lånade pengarna och försvann till Amerika. Sally och Johan är mina farföräldrar.

Ordlista, sydsmåländska uttryck:

Te de – Till dig
Di – Dem
Går – Gård
Quällen- Kvällen
Witå gröt – Risgrynsgröt
Gräbba – Flicka eller dotter.
Mö/Möt – Mycket
Arbe/Aabee – Arbete
Töcket - Sådant

Ett lån gör ingen gulltônna

Det var så sagt, att i prövningens tid, då allt kändes som mest hopplöst, skulle en prinsessa komma farande till bygden i sin gyllene vagn och gifta sig med baronen på slottet och ställa allt tillrätta. Det kan vara en spännande saga att berätta för en liten flicka med rosenröda drömmar, men jag kan lova dig att det är dagsens sanning.

Det västgötska arbetsfolket var av det strävsamma och förnöjsamma slaget. Något annat var inte att tänka på när man tjänstgjorde för gamle Baron. Han var inte värre än andra storgodsägare, men likväl. Var man född på godset var det som regel här man kom att leva och verka i alla sina dar. Det var ingen ide att göra sig till och försöka drömma sig bort. Baronen domderade över ett gods så stort att det inte lönade sig att försöka korsa dess domäner till fots på en enda dag. Den som ändå bemödade sig med att klättra upp i tornet på Idåsen kunde se de bördiga fälten breda ut sig över nejden, med storskog och berg mitt emellan. Det rök ur varje skorsten, för på den tiden var tillgången på arrendetorpare fortfarande mer än god. Torparens lott i livet var arbete åt andra. När han så fick tid över till den egna täppan var det ändå som så att hus och tomt hörde Baronen till. Många var dem som ville reparera och förbättra sina enkla stugor, men vad tjänade det till när varje spik de slog in kom att tillhöra Baronen. Du kan ingenting ta med dig dit du går.

Ute i världen gick det tåg, bilar och amerikabåtar och fanns allsköns moderniteter, men borta vid Risveden var det som om tiden stod still. Inte ens elektriskt ljus hade nått de djupa skogarna. Nog kunde Baron själv, borta på slottet, ha råd med nymodigheter, men han ville inte kosta på. Det fick bli upp till nästa generation. Nu var det som så att det en generation hade byggt upp, skulle som regel nästa generation riva ner. Det ville sig inte bättre än att Unge Baron utvecklade smak för starkvaror och sådant kunde aldrig sluta väl. Det var dessvärre på det sättet att ett större jordbruk knappast kunde sköta sig självt. En kedja var inte starkare än den svagaste länken, och när det stod klart att Unge Baron inte förmådde skjuta till kapital utan förlitade sig på gamla metoder i en värld som moderniserades med blixtens hastighet, var konkursen inte långt borta.

De gamle skruvade på sig och ville ogärna flytta, och det behövde de strängt taget inte heller. De unga hade väl i stort sett redan börjat ge sig av till stan och brydde sig inte nämnvärt om halvdana jobb på åker och i skog. De som trots allt höll ut av ren kärlek till sin hembygd, gick en oviss framtid till mötes. Unge Baron var numera otillräknelig och mot löfte om återhållsamhet och övervakning av ackordsmän och borgenärer, fick ännu omyndige Yngste Baron möjlighet att behålla godset på nåder. Vad det nu skulle tjäna till? Vad kunde en bortklemad pojkspoling med frökenfingrar ta sig för utan kapital? Det var väl fideikommisset och det ärevördiga vasaslottet med sina fina porslinssamlingar som de höga herrarna månade om.

"Inte är det någon ruter i den valpen", sades det allmänt ute bygden. "Jag ger honom ett år, sedan löper han från alltihopa med svansen mellan benen."

Det var vid den här tiden de allra yngsta och de allra äldsta närde en alldeles speciell förhoppning att klamra sig fast vid, även om de knappast förväntade sig att en gammal amsaga skulle komma att bli sann. Det var likaväl just den sagan som barnen tyckte bäst om att höra, och också den sagan som de gamla tyckte bäst om att berätta och inte gjorde det väl något om de bättrade på den lite grand.

"Det ska komma en prinsessa till vår bygd, och då ska allt bli bra igen. Gärdesgårdarna ska hon laga. Utsäde, maskiner och kreatur ska hon köpa, och slottet ska hon renovera så att vi kan få höra berättas om bjudningar, kungligheter och exotiska gäster, som på den gamla goda tiden. Och alla torparna som vill stanna kvar ska få moderna kök och till och med badrum, precis som dom har inne i stan."

Yngste Baron befann sig mycket riktigt i en prekär situation. Det var nya tider nu. Jordbruksnäringen var i gungning och det gick inte att håva in vinster per automatik, och inte hade han några moderna maskiner. Än mindre kapital till att köpa några. Det bästa han kunde göra var att sälja av alltihopa, kvitta intäkten mot skulderna och få tillräckligt med pengar till att leva någorlunda ståndsmässigt i något undanskymt stadskvarter. Men det var inte lätt att skaka av sig generationer av traditioner. Varje gång han tvingades se porträtten i stora salen, där flertalet framgångsrika förfäder uppfordrande stirrade tillbaka på honom, vek han undan blicken och skämdes. Han var en liten odugling som skulle ta till flykten och spendera resten av livet som knapadel. På sin höjd skulle han kunna få ett någorlunda gott betalt lönearbete i en avlägsen släktings firma. I så fall den förste i familjen i mannaminne som nödgades arbeta åt andra. Ett nesligt slut för en fin gammal släkt, kan tänkas.

Yngste Baron drog sig till minnes den gamla historien om anfader Silfverskiöld. Han som äktade Gulltônna. Det var en lustifik historia, om än sann i sin essens. Gulltônna var som namnet antyder inte världens mest finlemmade och nätta flicka, men hon var god för flera tunnor guld och därför ett riktigt kap för en kavaljer som var hågad. Och det var just det anfader Silfverskiöld var, och det var också det som var förklaringen till att slottet som Yngste Baron knappt hade råd att värma upp, var så digert och så i grunden vackert och storslaget. Det var en historia som tålde att tänkas på.

Hur som haver, var Yngste Baron inte helt oäven som kavaljer. Kanske ingen omedelbar fröjd för ett kräset adelsdamsöga, men ändå en som hade det där lilla extra och kunde prata för sig. Elaka tungor ville kanske ha beskrivit det hela som ren tur hellre än medfödd talang, men när så Prinsessan Dessan till synes helt självmant fick upp ögonen för Yngste Baron, var det inte utan att han kom att tänka på historien med Gulltônna. Han skämdes lite lagom och satte sig till och med på tvären för syns skull, men sådant biter nu inte på en äkta prinsessa, som bara mår bra av lite motstånd. Så småningom lät Yngste Baron sig bevekas, men bedyrade i sin ungdomliga stolthet att det inte kunde komma på fråga att Sessan Dessans kapital skulle malas in i godset, som om hon vore en simpel gulltônna, för här var det fråga om svärmande känslor och handgriplig kurtis, så handgriplig att giftermålet inte kunde låta vänta på sig i hur många månader som helst.

"Naturligtvis inte", sa Sessan Dessan. "Det får bli som du bestämmer, min vän."

Så kom det sig en strålande dag i juni, att folket i bygden fick se en livs levande prinsessa komma åkande i en mörkt gullackerad bil, som på avstånd kunde påminna om en gammaldags gyllene kalesch, såsom det berättades i sagan. Det var Yngste Baron själv som styrde ekipaget och eskorterade sin nyvunna fru runt ägorna på rykande torra grusvägar.

"Det är mycket som behöver rustas upp, kan jag se."

"Förvisso, min skatt, men du ska se att allt kommer på fötter igen, bara jag får huggt ner en ordentlig skogspost."

"Men, gärdesgårdarna måste rustas upp, och utsäde och skördetröska måste du få fatt i fortare än kvickt."

"Det kan bli värre det."

"Då säger vi så."

"Gör vi det?"

"Ja, att vi lägger in en beställning på alltsamman, så att du kan rusta upp ditt gods. Det blir bara som ett lån förstås. Du får betala tillbaka så fort du har fått ordning på dina skogsposter."

Nu blev Yngste Baron knäpptyst och svar skyldig, på gränsen till perplex. Alltmedan han funderade skumpade bilen fram på håliga och dåligt underhållna vägar. Skogen de passerade såg vid närmare eftertanke pinnig och ogallrad ut och nog var det väl så att prima åkermark hade börjat gro igen.

"Ja, vi får väl säga det då. Ett lån är ändå ett lån, medan en gulltônna faktiskt är en gulltônna. Det är ändå helt skilda saker, när allt kommer omkring."

Botulf

Detta hände sig på den tiden då Botulf Egbertsson var kung i götarnas land. Botulfs far var av sveablod medan modern var dotter till götarnas konung Hrethel. Då Botulfs far var bannlyst av svearna växte Botulf upp på sin morfars kungsgård vid foten av Kinnekulle i hjärtat av Götaland. Efter att Botulf som vuxen man hade besegrat en här av inkräktande svear, fick han själv axla morfaderns fallna mantel och blev så kung över götarna.

Respekten för Botulf var så stor den om möjligt kunde bli. Ryktena om hans bedrifter nådde världens alla hörn. Redan i ungdomsåren for han med sina hirdmän till danernas land och hjälpte kung Hrothgar att kvitta sig med det grusamma monstret Grändel. För det storverket skulle han för all framtid vara känd som Beowulf på det anglo-saxiska språket, och anglo-saxarna skrev sålunda en diger hjältekrönika om händelsen, enkom till hans ära.

Under Botulfs långa regeringstid levde götarna i fred. De brukade sin bördiga jord och bedrev stillsam handel med de omkringliggande länderna. Vid kusterna syntes dock tecken till oro i skyn. En del av stormännen hade börjat rusta för att segla viking. Ett dristigt påfund som spred sig bland nordborna. Detta ogillades av Botulf, som i grund och botten var en fridens man, sin förtid till trots. Den som reste viking hade inte alltid rent mjöl i påsen och förenade gärna handel med nidingsdåd. När Botulf kallade stormännen till sig var de lena i mun och bedyrade sin oskuld.

"Det måste vara svearna du har hört om. Eller ringerikarna och danerna. Av dom kan man vänta vad som helst. Vi götar använder bara svärden till försvar."

Hur som haver började Botulf bli till åren och hade nog med bekymmer som det var. Det var ett styvt arbete att styra ett rike. Han kunde heller aldrig riktigt släppa tanken på de storvulna svearna, sina blodsbröder som han slagit i strid. Så länge han själv var i livet och någorlunda handlingskraftig skulle de inte våga sig hit igen. Men sedan? Tronföljden var ordnad på det sättet att äldste sonen på traditionellt vis skulle ärva kronan, men frågan var om han var hågad och kapabel. Det fick framtiden utvisa. Var man hade sin tid och var tid hade sitt öde.

I Botulfs 32:a regeringsår kom våren sent. Vintern bet sig fast och den kalla väderleken fick till följd att tjälen isolerades av ett hårdfruset snötäcke. Botulf sporde att grödorna på Göta slätt kom i marken bortemot en månad för sent och en olycka kommer som bekant sällan ensam. Nu på försommaren ville det plötsligt inte regna. Botulf kunde med egna ögon se hur de magra avlingarna knappt orkade resa sig i ankelhöjd. När han färdades längs randen av det stolta Göta slätt insåg han vidden av allvar i det som var på väg att ske. Västra Göta slätt var götarnas brödkorg, den som utgjorde grunden till deras storhet och var deras viktigaste handelsvara. Ett år med dålig skörd var ingen katastrof, men total missväxt kunde leda till misär. Såvitt man visste hade både svear och fjäringar små, men tillräckliga skördar att vänta. Inte på långt när så illa som här. Vad ville gudarna säga med detta?. Han, Botulf, som inte var den som var alltför noga med att hålla på de gamla sederna med offer och besvärjelser. Han var nog sig själv närmast och sådant var alltid en nagel i ögat på dem som högaktade den uråldriga asatron.

Från svearna var intet att vänta. Från fjäringarna kom ett fåtal skäppor, från de magra smålanden i sydost kom heller inte mycket och dessutom var allt som kom från detta ekonomiskt lagda folkslag dyrköpt. Från danerna väntades ett antal skeppslaster, men det ville ändå inte förslå. Det var som att slå små droppar vatten på en torr jordbädd. Botulf lät sin springare leda honom från den ena sidan av slätten bort mot den andra, där skogstrakterna mot Getapulien och smålanden tog vid. Varhelst han kom, möttes han av densamma synen. Förtvivlade bönder som gjorde vad de kunde för att nära sina spretiga och uttorkade sädesstrå. Den senaste natten hade han tillbringat under ett vårdträd och vilat nacken mot hästens bringa. Natthimlen visade klart lysande stjärnor. Alltså var det fortfarande ingen nederbörd i antågande i denna normalt regnrika bygd som sällan var torr. Det var tid för Botulf att vända hemåt och samla stormännen till rådslag. Han visste nog vad de skulle komma att säga. "Vi har inget annat val än att segla viking. Det bär oss emot, men det gäller vår välfärd eller deras. Jutarna och frankerna har mer än de behöver. Bara du ger oss ditt ord, så ska vi snart vara på väg."

Morgonen var frisk, trots allt, och Botulf strävade norrut på sin häst genom det vackra, men torra landskapet. Långt borta vid horisonten tyckte Botulf sig se något glimra i solen och han vek därför av från sin raka kurs. När han kom närmare förstod han att det var en hind. Ett magnifikt och ståtligt djur som stod blick stilla, som om det väntade på honom. Runt halsen bar hinden ett guldglänsande smycke som skimrade och blänkte i solskenet. Så märkligt. Som om någon ägde djuret och hade försett det med ett vackert halsband. Botulf stod stilla och beundrade hinden på avstånd ett slag, sedan vände han om hästen för att fortsätta färden hemåt, men när han drog i tyglarna, ville den ändå inte gå mot norr. I stället gick de rakt mot hinden och Botulf kunde knappast klandra hästen. Han hörde själv hur den svaga vinden bar med sig viskande ord som kallade på dem och det kändes nära på omöjligt att inte följa efter. Hinden ledde dem in i en lummig och svalkande ekskog. De följde hinden på behörigt avstånd tills den stannade till, precis där en porlande bäck blev till ett litet vattenfall. Där på den andra stranden låg en vacker liten stuga. Hinden tog ett gracilt språng över bäcken, petade upp dörren med huvudet och klev in i stugan. Botulf lämnade hästen vid bäcken och gick efter hinden genom den öppna dörren.

På samma sätt som att stugans utsida var på gränsen till overkligt idyllisk och vacker, tedde sig insidan förvånansvärt mörk och sjaskig. Som om de var varandras motsatser. Av hinden syntes inte ett spår, vilket var högst märkligt eftersom stugan bara tycktes bestå av ett enda rum. Det verkade dock som om det var någon eller något som hukade över en gryta borta vid spiseln.

"Var hälsad vandrare." Rösten var skarp och isande och Botulf kände hur obehaget växte inom sig.

"Slå dig ner ett slag och känn dig välkommen i min enkla boning."

Det var lättare sagt än gjort, men Botulf ville inte verka ohövlig, mot vem det än månde vara. Nu när ögonen hade vant sig vid mörkret blev han varse att det satt en gammal gumma där borta i skumrasket. När han kom närmare såg han att hon var så ful att det nästan gjorde ont att ens se i hennes riktning och att möta blicken kändes som en outhärdlig plåga. Det var som om ögonhålorna vore urätna av mask.

"Var hälsad, gumma. Jag såg en hind gå in i din stuga. Var blev den av?"

"Det finns en alldeles speciell förklaring till det. Säg mig, tycker du att jag är vacker att se på?"

"Skönhet ligger i betraktarens öga, som det brukar sägas, men min ärliga mening är att du inte är vad jag skulle beskriva som vacker."

"Och ändå följde du mig ända hit."

"Ahh, så du är en av dem som har makten att skifta skepnad. Dem har jag tidigare bara hört talas om, men aldrig råkat. Du var hinden och nu ser jag att ditt smycke hänger runt din hals, även om det inte blänker längre. Det ser snarast skabbigt ut."

"Du smickrar mig, vandrare. Jag äger alls ingen makt att skifta skepnad. Smycket är mitt och har alltid så varit. Säg mig, vandrare, vem är du?"

"Jag tror nog att du känner mig. Jag är din kung, Botulf, Hrethel den gamles dotterson."

"Konstigt att höra dig säga det. Såvitt jag vet är götarnas konung trots sin ålder en av de stiligaste männen som finns att uppbåda, men det enda jag ser framför mig är en gammal gubbe med ledbruten kropp och inskrumpna kinder. Så grusam att skåda att jag helst skulle vilja sända dig på porten."

"Det kan jag aldrig tro och det finns heller ingenting här som jag kan spegla mig i."

"Tro mig då på mitt ord, vandrare. Säg mig, vad är det absolut fulaste du tog med dig in i stugan?"

"Då får jag tänka mig om. Jag kan inte erinra mig något som är speciellt motbjudande, annat än mina stridsärr."

"Men, se då på dem. Det ser ut som at de glimmar i skumrasket och kläder din i övrigt förfallna kropp. Om du stryker med handen över dem ska du finna att de är jämna och lena, inte längre skrovliga, ärrade och fula."

”Ja, sannerligen. Detta är en besynnerlig plats, men du talar i gåtor gumma. Varför har du lockat mig till din stuga och vad finner du för nöje i att låta vackert bli fult och fult bli vackert. Vad slags trolldom är det?”

”Huset har jag bara till låns och dess syfte är blott att upplysa.”

”Om vad?”

”Om att när människan ser sig själv som stolt, vacker och felfri, kan gudarna likväl se det motsatta.”

”Så det var bara det du var ute efter, trollkona. Att såra min stolthet och få mig till att bli ödmjuk?”

”Nu hörde du mig inte Botulf. Trollkunnig är jag, men jag är ändå bara ett enkelt sändebud. En kugge i en lång kedja om du så vill. Odin, Tor och Loke har inte glömt och försakat dig, såsom du har försakat dem.”

”Åja, åbäka dig inte. Jag har allt gjort mitt.”

”Det vet du nog att du inte har, o store Beowulf, som de mäktiga anglo-saxarna kallar dig. Stod inte gudarna dig bi när du slaktade Grendel och hans moder? Eller när du betvingade svearna och blev kung? Tror du verkligen att sådana bedrifter kan utföras utan gudomlig hjälp?”

”Det kan tänkas”, medgav Botulf. ”Att jag står i tacksam-hetsskuld. Det kan jag villigt erkänna, även om jag är av den uppfattningen att gudarna hjälper den som hjälper sig själv. Men trollkona, nu när jag har lärt mig min läxa, låt mig då gå i frid så att jag kan komma hem till mitt folk. Jag har mycket att stå i.”

”Nog vet jag att götarnas skörd brinner inne, medan alla grannländerna har klarat sig gott.”

”Vi reder oss nog. Det blir bättre till nästa år.”

"Det är just det inte blir, för gudarna har tänkt ge dig samma medicin tills du har fallit till föga och visat dig värdig som konung under asarnas beskydd."

"Nu är jag trött på ditt pladder, trollkona. Jag har varit hövlig och lyssnat länge nog. Nu går jag härifrån och lämnar dig å ditt öde."

Botulf reste sig och gick mot utgången, men när han skulle ta det första steget över tröskeln var dörren borta och i stället såg han dörröppningen, bäcken och hästen på motsatt sida av rummet. Då han gick dit flyttade sig utgången ännu en gång, och så fortfor skådespelet en god stund. Till slut nödgades han ge upp och sjönk resignerat ned på stolen framför trollkvinnan.

"Jag förstår nu att du har fångat mig som i en liten ask och jag ska ge dig en eloge för det. Du är skicklig i ditt gebit. Var nu snäll och förtälj mig vad jag ska göra för att slippa ut, för inte har du väl tänkt behålla mig här till evig tid? Om gudarna så kräver ska jag med en gång bege mig hem till kungsgården och offra 20 getter och 50 får till deras ära. Mer ändå, om så krävs. Jag gör allt för mitt folk."

"Så lätt kommer du dessvärre inte undan. Jag har fått andra instruktioner."

"Så säg mig då vad jag ska göra som botgöring."

"Det ska jag mer än gärna göra. Du ska bestå ett prov. Du ska få tre olika prövningar, men du behöver bara klara en av dem för att bestå."

"Och då blir jag fri?"

"Då blir du fri och ska aldrig mer behöva oroa dig för skörden på Göta slätt."

"Och om jag vägrar låta mig prövas?"

"Då dör merparten av ditt folk svältdöden och du får leva så länge att du hinner se en utmärglad folkspillra komma under svearnas överhöghet."

Botulf var inte den som lät sig chikaneras av vem det än månde vara. Kanske hade trollpackan övertaget nu, men det kunde fort ändras. Vad gudarna beträffade höll han fast vid sitt tidigare uttalande om att de helst hjälpte dem som hjälpte sig själv. Snabbt som ögat drog Botulf sin dolk och stötte den rakt i trollkvinnans hjärta. Till sin förvåning märkte han att dolken inte sjönk helt in, utan bara verkade ha stött emot något hårt, förmodligen ett revben. Vid nästa försök la han all sin kraft bakom stöten, men med samma resultat. När han mönstrade dolken fann han att den var skämd och aningen trubbig. Trollkvinnan såg oberörd ut och hyste inget agg mot sin angripare.

"Du gjorde vad du kunde, store Botulf. Du stötte mot hjärtat, precis som du visste att du måste göra, för det är det enda sättet att döda en trollkunnig. Men du ska också veta att mitt hjärta är gammalt och förstenat. Den tiden då det var ungt, öppet och sårbart är sedan länge förbi. Utan näring blir det hårdare för vart år som går. Jag får vackert leva så länge som gudarna vill ha mig här på jorden. Även om du hade lyckats med ditt försåt ska du veta att jag blott är ett sändebud. Gudarna skulle ha sänt en ny tjänare att pröva dig innan du vetat ordet av. Nå, Botulf Egbertsson, ska du acceptera ditt öde och låta mig hjälpa dig att förstå vad dina prövningar går ut på?"

"Låt gå, trollkvinna. Jag erkänner mig besegrad och ska göra dig till viljes."

"Min gryta är en källa till gudomligt vetande. Se ner i den så ska jag visa dig tre profetior som var och en besitter en lösning som leder till att skörden på Göta slätt blir diger och fullgod. Det är upp till dig själv att välja vilken prövning du vill börja med. Du behöver inte klara alla tre. Så fort du har löst en av uppgifterna är du och ditt folk fria."

"Så visa mig vad vi kan finna i din källa, trollkona."

"Det jag ser är en gammal kung, skröplig, rynkig och orkeslös. Genom dörren kommer ett sändebud. *"Botulf min konung, jag har sport att svearna står vid Tiveden med 10 000 man."* Det är den första profetian."

"Vad är så min prövning?"

"När du har färdats genom tiden och än en gång slagit svearna, ska gudarna se dig som värdig att styra över ditt folk. Då ska du ges en riklig skörd och inte besväras mer."

"Nåväl, vad är så din andra profetia, kärring?"

"Långt in i framtiden ser jag en liten pompös man med gigantiska underarmar som talar illa om götarna. De är obildade, okultiverade och oförmögna att få något uträttat utan överlägsna folkslags hjälp, säger han."

"Det är i sanning en ful fisk. Jag skulle gärna ge mig av till hans tidsålder och prygla in verklighetens kunskap i honom, men vad gör det mig att han pratar. Jag har viktigare saker att företa mig!"

"Han är känd som sannskrivaren. Det han säger skriver han ner, och det han skriver blir också verklighet. Med ett penndrag förvandlar han götarna till lallande apor. Men vad värre är, han har skrivit om den stora hungersnöden i nådens år 582. Det är så året vi lever i nu ska benämnas av framtidens folk, som räknar allt efter den kristne guden. Res till sannskrivarens tid och få honom att skriva det du själv önskar."

"Och vilken är din sista profetia?"

"Jag ser en fager mö sitta vid en källa. Hon har suttit där alltför länge och väntat på sin älskade."

"Hur kan hon hjälpa mig med skörden?"

"Se själv. Känner du inte igen henne? Det här är en bild från förtiden. Kommer du inte ihåg att du och hon hade stämt träff den här dagen, men att du aldrig kom. Är hon inte vacker, säg?"

"När du säger det så. Hon är verkligen skön att skåda. Men inte var vi trolovade eller ens älskande. Vi hade nyss råkats."

"Hon hade dig hjärtans kär och ägde speciella färdigheter. Åk tillbaka till henne, äkta henne och låt henne föda dina barn, så ska hon hjälpa dig med skörden."

"Hur skulle en enkel mö kunna det, hur fager hon än må vara?"

"Hon har det som kallas gröna fingrar och vet vilka sädesslag som kan växa trots att torka råder."

"Men jag älskar henne inte, och de barn som föddes av min rättmätiga fru, skulle aldrig få födas."

"Det är det som är din prövning. Vill du ge upp din egen lycka för att frälsa ditt folk, store Botulf? Ta den tid du behöver för att bestämma med vilken prövning du vill börja. Vi har all tid i världen. Vi kommer ingenstans, varken du eller jag."

Botulf insåg att han hade med både gudar och trolldom att göra och att den bild han hade blivit serverad av de stundande prövningarna inte nödvändigtvis stämde fullt ut med verkligheten. De fanns sannolikt ett visst mått av vilseledning inbegripet i framställningarna. Alternativet som passade honom som handen i handsken vore att resa in i framtiden och hjälpa sig själv med att slakta svearna. Han hade varit en krigarkung och visste hur jobbet skulle göras. Problemet var att om svearna stod vid Tiveden med 10 000 man, var slaget redan förlorat. Även om han själv var gammal och skröplig, skulle han aldrig ha låtit svearna komma så nära. Alltså fanns det en annan förklaring till varför han i framtiden satt och väntade på att bli slagen. Valde han att resa in i framtiden, skulle han med stor säkerhet bli dödad och även om han överlevde skulle han inte kunna stoppa svearna. Alternativet med den fagra jungfrun verkade något enklare, men ville han verkligen offra sin egen lycka för att gifta sig med en okänd kvinna, hur vacker hon än var. Tänk om han var tvungen att leva 40 år i elände och olycka. Det bästa alternativet måste alltså vara att resa till sannskrivaren och få honom att ändra missväxt till diger skörd. Det som oroade honom var att det lät för alltför enkelt. Gudarna skulle knappast låta honom komma så billigt undan.

"Så kärring, nu har jag gjort mitt val. Sänd mig till sannskrivaren. Han som vill götarna så ont."

"Sätt foten i min gryta så ska du strax vara där."

"Men hur kommer jag tillbaka till min egen tid när uppdraget är utfört. Du låter mig väl inte dväljas i en okänd framtid?"

"Din tid i den främmande världen är begränsad. När uppdraget är utfört ska du se densamma vattenvirveln i skyn som du nu kommer att nedstiga i."

I huset vid bäcken stod tiden stilla. Det var därför inte av intresse att veta hur länge Botulf var borta, men då han återvände satt kärringen vid sin gryta och väntade på honom.

"Nå hur gick det min konung? Jag ser att Göta slätt alltjämt ligger torr och ofruktbar. Fann du aldrig den lille påven?"

"Nog gjorde jag det, men det krävde all min list och mod att vistas i denna gudsförgätna tid."

"Såå?"

"Det var ett larm och ett brus du aldrig skulle kunna föreställa dig. Livsfarliga vidunder till trollvagnar som färdades i hiskelig fart och som inget svärd kunde bita på. Att bara överleva alla faror och skaffa mat för dagen sinkade mig i veckor."

"Fann du så sannskrivaren?"

"Nog gjorde jag det, men det hjälpte föga."

"Kunde du inte få honom att göra dig till viljes? Alla dina stridskonster till trots."

"Han var övermåttan pompös och stursk och till en början lät det på honom som att han ville ge mig order i stället för det omvända, men nog visade jag honom på ett högst påtagligt sätt vem som hade övertaget och i sin nöd försökte han verkligen göra allt han kunde för att göra mig till viljes."

"Dåså, varför ser jag inga dignande sädesfält."

"Spela inte dum, trollkärring. Du vet mycket väl att du överlistade mig. Sannskrivaren begrep inte ett ord av vad jag sa, och jag förstod inte honom. Hur skulle jag då kunna få honom att skriva något som helst? Och själv är jag varken läs- eller skrivkunnig. Den rotvälska svearna talar i den tidsåldern kan ingen människa begripa."

"Det förstod du väl att det inte kunde vara så enkelt att du bara kunde tala om för sannskrivaren vad han skulle skriva och så skulle uppdraget vara slutfört. I denna gudsförgätna framtid har både svear och götar tillgång till digra bibliotek där gammal skrift kan översättas till ny. På så sätt hade du kunnat få din vilja fram, om du hade haft det rätta sinnelaget och tålamodet."

"Det hade jag nu inte."

"Det smärtar mig att höra, men säg mig nu, Botulf, ska jag sända dig till Tiveden och den månghövdade hären av svear?"

"Jag väljer att avstå. Det slaget är redan förlorat."

"Då blir det alltså jungfrun?"

"Det blir väl det. Med kniven på strupen är jag beredd att offra min egen lycka för att frälsa mitt folk. Mina barns liv och min älskade hustrus status som drottning betyder så lite i det stora hela."

"Ett klokt val min vän, men dina barns själar kan leva i jungfruns blod likaväl som i din hustrus, och var det inte så att din hustru dog för en av dina fienders pilar i alltför ung ålder. Nu får hon möjlighet till ett fullvärdigt liv."

"Så bra och enkelt du får det att låta, men vad är haken den här gången?"

"Det är väl det som är din prövning."

"Så sant. Sänk mig då ner i din gryta, kärring och må vi aldrig råkas igen."

Botulf steg ner i vattenvirveln och gick sakta fram mot den fagra jungfrun som satt vid källan och väntade. Hon vände på huvudet och brast ut i ett ljuvligt leende när hon såg honom nalkas.

"Men där är du ju. Jag har väntat ett slag, men det gjorde jag så gärna."

Botulf såg sin egen spegelbild i källan och fann att han åter var en yngling i en ynglings oförstörda kropp. Det var bara minnena som var desamma.

"Du är i sanning vacker min jungfru. Säg, vill du bli min hustru?"

"Det klart jag vill. Jag är så innerligt glad att jag väntade på dig. Jag trodde först att du inte skulle komma."

Jungfrun lade armen om hans hals och kysste honom. Botulf smekte hennes hals och kinder och till sin förvåning fylldes han av längtan och kärlek, hellre än ruelse och ängslan. Så skön var hon alltså, denna jungfru. Vad skulle kunna gå fel med en så underbar varelse i sina armar. Då såg Botulf vattenvirveln ringla ned från skyn och förstod att uppdraget redan var slutfört. När han hade återvänt till sin egen tidsålder skulle han med ens minnas hur han hade levt hela sitt liv tillsammans med jungfrun. I lycka eller i elände visste han inte ännu, men Göta slätt skulle åter digna av groende sädesfält.

Han kysste sin blivande brud en sista gång, men medan han gjorde sig fri från hennes famntag och drog sig bort mot virveln, kom hans hand att vidröra något hårt under linneblusen, strax emellan halsen och barmen.

"Vad är det du döljer där under, min ljuva?" sa han lekfullt med spelad svartsjuka. "Det är väl ingen gåva från en beundrare som är stiligare än jag?"

"Ånej, min älskade. Det skulle aldrig kunna ske. Mitt hjärta är öppet för dig, öppet och sårbart bara för dig."

Då blev Botulf med ens klarvaken, det var ord som han bestämt visste att han hade hört förut. Han rev raskt upp jungfruns blus, blottade hennes barm och fick se ett kostbart och gyllengult smycke som blänkte i solskenet. I nästa sekund fattade han sin dolk och rände den rakt in i Jungfruns öppna och oskyddade hjärta. Sedan gick han in i vattenvirveln och slungades tillbaka till sin egen tid. Vid bäcken stod hästen lugnt och väntade vid samma ställe han hade lämnat den. Av den lilla vackra stugan med sin groteska insida syntes intet spår. Botulf kastade sig upp på hästen och satte av i galopp genom ekskogen och vidare norröver mot Göta slätt. Varhelst han kom låg fälten gyllengula av fullmogen säd. Förtrollningen var bruten.

Så skulle Botulf regera ännu en tid i Götaland. Den nye kristne guden undvek han och de gamla gudarna förhöll han sig frågande till. Trolldom däremot, hade den största respekt för och var ständigt på sin vakt. Det var sånär att den lea trollkonan hade snärjt honom i sitt nät. Nu kunde han trösta sig med att det fanns en mindre av hennes art.

Beowulf-kvädet: Storbritanniens mest berömda skrift på gammal-engelska, dvs anglo-saxiska. Handlar om göten Beowulf (på svenska ungefär Botulf) som någon gång på 500-talet reser till sköldungarna i Danmark och hjälper kungen att kvitta sig med trollet Grändel och dennes trollkunniga moder. Senare besegrar Beowulf svearna och blir götarnas kung. Efter många år hemsöks han av en drake. I striden dör både Beowulf och draken. De lärde tvistar om skriftens **geatas** *ska tolkas som götar, gutar eller något helt annat. Många personer och folkgrupper som nämns i Beowulf-kvädet har existerat i verkligheten. Det finns dock inga andra källor som nämner Beowulf själv.*

Jutar: Från Jylland

Ringerikar: Norrmän från trakten nord-väst om Oslo.

Fjäringar: Från Fjäre härad i norra Halland.

Getapulien: *Gammal benämning på Småland som syftar på fattig jord som bara duger åt getter. På 500-talet användes antagligen inte det begreppet.*

Sannskrivaren: *Det har sagts att Jan Guillou i sina böcker om Arn har beskrivit både götar och svear som orealistiskt tafatta, råbarkade och intellektuellt underlägsna de flesta andra folkslag.*

Pacta sunt servanda

I Bärebergs socken, i Viste härad, uti götarnas land, levde en gång en flicka som var så fager att skogens alla djur stannade upp och slutade beta när hon gick förbi. Till och med de undersköna nymferna blev bleka av avund och fick älvar och sjöar att svämma över när de stod som förtrollade och glömde sina plikter. I de flesta sagor är en så vacker flicka antingen en omhuldad prinsessa eller en stackare dömd till hopplös fattigdom, och visst var det så att flickans far var en enkel torpare med små medel till förfogande, det var sant och visst.

Så länge flickan var ung och förnöjsam, var hon till fröjd och glädje för sina föräldrar, men sedan kom en tid av oro och ruelse. Det hörde ungdomen till, tänkte föräldrarna nyktert. Hon blir uppvaktad för sin skönhets skull, men till slut ska hon finna en godhjärtad man att älska. Kanske att han också har en gård som bär sig bättre än vårt blygsamma torpställe. Den unga flickan gick i samma tankar. Kärlek i all ära, men nog skulle hon som var vackrast i häradet kunna förena nytta med nöje och få en rekorderlig karl med ett par daler på kistbottnen till make. Så gick det några år och flickan blev giftasvuxen. Det rådde ingen brist på uppvaktande kavaljerer, men hon gav ingen av dem sitt löfte. Hon ville se tiden an. Så kom det sig en dag att självaste Konungens adjutant med följe drog genom bygden för att närvara vid Bärebergs ting. Det var visst en kunglig angelägenhet som skulle avhandlas i dagarna tre.

Nu gick det upp för flickan att till och med män av adlig börd lät sig förtrollas av hennes skönhet. Tänk om det vore så enkelt att få ett bekvämt och innehållsrikt liv, att hon den fattiga torparflickan kunde bli herremansfru? Men visst hade hon hört vad olyckliga korpar kraxade.

"En herreman tar, men det han ger vill han aldrig ha." Ett väl så träffande ordspråk som syftade på att när herremannen väl hade ställt flickan i olycka fick hon gå ensam genom livet med sitt oäkta barn."

"Nå, så dum och bortkommen är jag alltså inte, din söte charmör där", sa hon till en ur adjutantens följe som visade sig vara herremansson på slottet borta vid Vanderyds vatten, blott ett par mil åt väster.

"Jag följer dig ingenstans så länge du inte sätter en ring på mitt finger, men du ska veta att jag ska vänta troget på din ankomst."

Det var ett besked som gjorde intryck på den unge herremannen. Visst var han stilig att skåda i sin guldbeprydda mantel när han kom ridandes på sin springare. Både en och två och flera gånger om, men varje gång fick han samma nekande besked.

"Du är så bedårande och underskön att jag vill falla på knä och ge dig min ring med en enda gång, men du förstår att mor min är svår att beveka. Hon vill se en adelsflicka på slottet. Vad kan jag göra? Låt oss åtminstone rymma tillsammans och leva för dagen."

"Det vet du att vi inte ska. Gör du ditt bästa för att beveka din mor, så ska jag göra mitt."

Om trollgubben vid foten av Kinnekulle ville bygdens ungdomar gärna skravla. Han sades kunna förvandla sten till guld och människor till sten. Tro det den som vill. Om trollgumman på Hunneberg sades det att hon kunde sätta sjukdom på sina fiender och få vattnet att frysa om sommaren. Det är så det kan låta när folk pratar, men för flickan tändes ett fåfängt hopp. Att trollgumman fanns, det visste hon bestämt, hon hade själv sett henne när hon for med sin far bort till Vassända marknadsplats, vid bergets fot.

"Tänk om trollgumman kunde hjälpa mig på traven, så att jag slapp dväljas i denna långsamma bygd och fick förenas med min älskade."

Så vandrade flickan den långa vägen till Hunneberg för att söka den trollkunniga gumman. Hon sades leva i sin jordkula, precis där hälleberget gick över i ett brant stup ner mot slätten. Flickan tog sig uppför berget och betraktade gumman på avstånd ett slag. Hon var verkligen gammal och allt annat än vacker där hon gick framåtböjd och giktbruten och plockade med sina vedpinnar. Kanske hade hon levt i fler mansåldrar än någon kunde föreställa sig.

"Varför söker du mig, unga flicka?"

"Jag har sport att du är trollkunnig, och kanske kan du då vara mig behjälplig."

"Därom tvista både de lärde och de olärde, men nog kan jag ett knep eller två, men jag använder mig ogärna av dem. Jag är i sluttampen av min resa i denna världen och ägnar mig mestadels åt tanke och meditation."

"Det är nu så att jag går i giftastankar, men min tillkommandes mor är vrång."

"Så pass. Vad har hon att invända mot en så vacker varelse som du?"

"Hon är av finare börd. Det är hela saken."

"Att fånga en herreman är få fattiga flickor förunnat. Säg mig, varför vill du gå en så pass snårig och vansklig väg. Varför väljer du inte en god man i din egen omgivning?"

"Nog kunde jag det, men jag har på känn att livet har något mer i beredskap för mig."

"Det är en dristig väg att gå och jag är inte säker på att mina öron tåler att höra vilka ränker du smider."

"Det är så enkelt så. Förvandla mig till en herrskapsflicka, med en herrskapsflickas färdigheter. Det är det enda du behöver göra."

"Din okunnighet är lika stor som din fåfänga. Ädel börd kan inte trollas fram."

"Då vill jag be dig att lösa mina problem på det vis du finner bäst. Jag kan inte kyssa min herreman alltför hårt, ty jag är inte säker på hur mycket han tar utan att ge och snart blir han trött på att vänta. Och modern hans låter sig inte bevekas. Hjälp mig med det ena eller båda."

"En plan har du och vis är den, det ska du ha den äran för, även om den varken är hedervärd eller ärbar av sin natur. Jag är nu inte den som har för avsikt att stå som moralens väktare i denna världen, där moral är något värdsligt som skiftar skepnad likt flöjeln för vinden."

"Så du hjälper mig?"

"Jag hjälper dig, men som du säkert redan har förstått ska jag kräva ett pris för min välvilja."

"Så klart att du ska det. Det är dig väl förunnat."

"Ditt förstfödda barn i äktenskapet ska bli mitt."

"Det är ett högt pris, men det ante mig att det inte skulle bli enkelt, men hur ska jag kunna överlämna det utan att någon saknar det?"

"Det ska falla sig naturligt när den dagen nalkas."

Så hämtade kärringen sin mortel och skred till verket. Hon bryggde och malde och stötte sina ingredienser i timmar och dagar, och när hon var färdig delade hon upp pulvret i två högar. Sedan läste hon en besvärjelse över den ena högen och en annan över den andra.

"Detta pulver, flicka, ska du äta en knivsudd av var sjunde afton så länge du inte önskar bli havande."

"Och detta?"

"Det är till din blivande svärmor. En enda dos är till-räckligt."

"Oärlig är jag, och knappast ett helgon, men döda det kan jag icke."

"Det skall du heller icke. Hon ska leva länge och väl. Du kan se det som rent medikament. Hon blir kvitt sitt dåliga humör och sin vassa tunga, och ska i stället välsigna dig och din make, men det är en utdragen process. Därför behöver du båda pulvren. När du har kommit åt att ge din blivande svärmor sin enda dos, ska hon sakteliga för-ändras till det bättre."

"Då blir allt som jag önskat."

"Och glöm aldrig ditt löfte, ty ingångna avtal må alltid hållas. Pacta sunt servanda, som de säger nere i Romarriket."

"Jag ska aldrig glömma mitt löfte."

Flickan tog sin knivsudd pulver och föll i herremannens armar och det var ljuvt som livet självt. Nu skulle hon fort bli varse vad han gick för. Nu när han hade fått sin vilja fram kunde han enkelt välja att gifta sig med en adelsdam och behålla henne som en enkel frilla. Så blev inte fallet. Herremannen höll fast vid sin frilla av folket och frillan fick hjälp att ge den trilskande modern sin dos. Så gick det ett par år i ungdomligt lyckorus och hemliga möten, innan herremannen kom med glädjande besked.

"Det märkligaste ting har skett, min älskade. Som du vet har mor blivit alltmer glömsk och trött på sistone och när vi talades vid nu på eftermiddagen, kunde hon plötsligt inte längre komma ihåg att hon skulle ha talat illa om någon flicka som jag hade haft önskningar om att träffa."

"Så bra, min älskling."

Efter ytterligare någon månad var den gamla adelsdamen så pass medgörlig att herremannen dristade sig till att bjuda hem sin älskade till en finare middag på slottet. Flickan lade märke till att damen satt och pratade om ovidkommande ting och knappt verkade känna igen sina nära och kära, men hennes humör var det inget fel på. Hon var lycklig som ett barn och ville absolut hålla flickans händer medan hon försökte förtälja sina osamman-hängande historier.

"Men, min son, vad är det för dumheter? Varför gifter du dig inte med den här förtjusande flickan på momangen?"

Och så var saken klar. Den redan välvilligt instämde fadern ställde till med ett storartat bröllop och aldrig hade det skådats någon vackrare brud på Coburgs gamla slott.

Flickan behövde inte äta någon mer knivsudd och konstaterade att trollgummans brygd hade givit henne en herreman till make och en barnlös förlovningstid. Något annat hade inte varit tänkbart. Hon såg på pulvret hon hade kvar. Det skulle räcka i många år till, men hur länge kunde hon skjuta på det oundvikliga? Till en början hade det känts som ett överkomligt pris att betala, men nu var hon inte lika säker längre. Att lämna bort sitt eget kött och blod. Skulle det verkligen vara nödvändigt, hon som var herrskapsfru och allt?

"På lördag är det kunglig jakt på Hunneberg."

"Säger du det. Låt mig följa med. Jag ska inte vara i vägen. Jag rider på Gråskimmel."

Flickan red sina egna vägar, men visste vart hon skulle. Till sin förvåning var det tomt vid stupet på hälleberget. Jordkulan hade förvandlats till en oigenkännlig hög och eldstaden verkade orörd sedan länge. På vägen ner mötte hon en vallarepilt.

"Säg mig, pilt, jag söker trollkonan på berget. Var är hon?"

"Hon är borta sedan ett par år tillbaka. Ingen vet vad som hände. Hon måste vara död. Hon var uråldrig. Till och med min morfar kommer ihåg henne som gammal."

"Kan trollkonor verkligen dö?"

"Trollgummor och trollkarlar finns bara i sagorna."

"Ja, det klart."

När hon red nedför berget tillsammans med sin man, kände hon sig både lättad och upprymd. Allt det där med trollgumman verkade så gammalt och avlägset nu. Tänk att hon hade gått och inbillat sig att allt som den gamla tokan svamlade om hade varit på allvar. Först nu förstod hon att svärmodern hade drabbats av vanliga ålders-krämpor, sådana som hon hade sett så många gånger förr bland gubbar och gummor ute i stugorna. Hon insåg också att hennes barnlöshet måste ha varit orsakad av an-spänning och oregelbundna reningsperioder. Nu skulle allt bli annorlunda, för nu var hon en herrskapsfru med världen i sin hand. Intet pulver behövdes mer. Redan ett halvår senare kungjorde flickan den glada nyheten till sin herreman om att en arvinge var i antågande.

Flickan tyckte mycket om att rida. Ett par månader in i grossessen tog hon ut sin gråskimmel för en kort och försiktig avskedtur.

"Vi får inte riskera att du faller av hästen och förlorar barnet, nu när vi har väntat så länge", slog herremannen fast.

Flickan sadlade på och skrittade försiktigt över ägorna. Hon följde sjön en bit och vek sedan av mot landsvägen till. Där borta såg hon en gestalt sträva fram längs vägen i sakta mak. En gammal torparfru som inte far väl av att vara ute i sommarvärmen, tänkte flickan. Jag önskar jag hade et stop vatten att skänka henne. I takt med att hon närmade sig den gamla blev hon mer och mer illa till mods. På 100 alnars avstånd insåg hon det oerhörda. Det var trollkonan på Hunneberg. Gumman såg åt flickans håll och hästen ryckte till som om den blivit ansatt av något. Den stegrade sig, vände sedan om och satte av i galopp hem mot stallet. Flickan kämpade för att inte falla av, men kände hur hennes kropp med det lilla fostret studsade upp och ner i sadeln. Efter den episoden blev hon säng-liggande, både av den fysiska ansträngningen och insikten av att trollkonan fortfarande var i livet och traktade efter hennes barn. Hon hade förmodligen känt doften av gryende liv och kommit fram ur sitt gömställe för att kräva sin rätt.

Allt tydde på att barnet var oskadat, men flickan var otröstlig och höll sig kvar i sin säng. När hennes man undrade hur det var fatt, föll hon i gråt och bekände.

"En gammal le trollgumma vill åt vårt barn. Jag trodde hon var död, men i eftermiddags såg jag henne igen. Hon har lurat mig. Nu är hon här för att ta vårt barn."

"Varför i hela världen skulle hon det? Vad ska en gammal anskrämlig kärring med vårt barn att skaffa?"

"För många år sedan lovade jag henne min förstfödde."

"Varför skulle du göra något sådant? Hur kan någon lova något så förfärligt och hur kan någon kräva något så förfärligt i gengäld?"

"Jag vet, det var en barnslig flickdröm jag hade en gång för länge sedan, att när jag blev gammal och miste min skönhet, skulle min man inte älska mig mer. Trollkvinnan lovade mig evig ungdom och skönhet i utbyte mot mitt barn", ljög flickan eftersom hon inte kunde inte avslöja det verkliga skälet.

"Och känner du dig ännu som en ung flicka, säg, och är din hud fortfarfarande len och oförstörd?"

"Nej, jag har åldrats och på min hud syns redan små rynkor, om än bara en aning."

"Då så, då har hon alltså inte hjälpt dig och du skylder henne ingenting."

"Det klart att du har rätt, min älskling, men jag är rädd i alla fall. Så länge hon finns här kan jag inte sova lugnt. Det var som om hon stirrade på hästen och fick den att stegra sig."

"Frukta icke, min sköna hustru. Jag ska beordra mina män att genomsöka skogen och inte vila förrän trollkärringen är ett minne blott."

"Åh, vill du göra det för mig. Då är jag dig evigt tacksam och vårt barn ska alltid vara tryggt."

Det var en enkel sak för herremannens knektar att finna gumman däruppe på berget, dit hon åter hade förlagt sin hemvist. Hon var gammal och orörlig och gjorde inga ansatser att försvara sig eller fly när knektarna omringade henne.

"Nå, trollkona, har du någon besvärjelse att slänga mot oss innan du får möta din hornprydde skapare."

"Var tid har sin man, och var man har sin tid, du knekt, om jag har haft min är ännu höljt i dunkel."

Strax rände knektarna sina lansar genom gummans onda hjärta och brände henne på ett bål som gav en rök så svart och tjock att den syntes ända bort till slottet.

Nu steg flickan upp ur sin sjukbädd och födde så småningom sitt barn. Det blev en flicka och hon var vacker som sin mor. Men det blev också det enda barn hon fick. Det grämde kanske herremannen att han blev utan manlig arvinge, men nog var han glad för sin dotter, som blev hans ögonsten och lycka i livet. Men dagen då flickan fyllde fjorton, packade hon plötsligt en enkel kappsäck och gjorde sig redo för att gå.

"Tack mor och far, jag måste ta avsked av er, för nu är jag en vuxen kvinna med ett mycket speciellt yrke. Jag fann till slut en ny kropp, ty min gamla var slut, men du ska också veta, mor, att var sjunde afton har jag i lönndom givit dig en knivsudd pulver. Det är därför du bara fick ett enda barn. Det fick bli ditt straff för att du försökte bryta vårt obrytbara avtal."

Och än idag sägs det att det bor en trollgumma på toppen av Hunneberg, uti götarnas land.

Pacta sunt servanda är en gammal latinsk juridisk term som betyder att ingångna avtal förväntas hållas och kan prövas av rätten.

Bäreberg: Socken i Viste härad i nuvarande Essunga kommun. Fungerade tidvis som tingsplats.

I Loshulta bank

Bankkamreren tvinnade yttersta tippen av mustaschen, såg sig omkring bordet, drog upp fickuret ur västfickan och konstaterade att det började närma sig utsatt tid. Martin i Källstorp, å sin sida, tog upp sitt eget ur och nickade instämmande. Inte bara för att bekräfta kamrerens utsaga, utan för att visa att även han hade en högkvalitativ pjäs i sin ägo, nyhemkommen från Chicago som han var. Ett tiotal år Over There, hade givit honom kapital nog att figurera som mindre stor-karl i grannskapet. Sven i Almås, å sin sida, skruvade oroligt på sig. Det fanns inte mindre än fem olika borgenärer runt bordet. Det var illavarslande. Skulle pengarna räcka åt dem alla, eller fanns det dem som hade högre prioritet än honom, och skulle gäldenären själv över huvud taget behaga visa sig i banklokalen denna fuktiga sen-sommardag i augusti? Sven hade sina tvivel. Dagen till ära hade han fått på sig finkostymen och nog kände han att den stramade onödigt mycket när svetten började pärla här och var på kroppen. Bara han ville komma, den för-gjordade Magni.

Sven i Almås hade på ett brutalt sätt fått känna på godtrogenhetens bittra avigsida. När den varma känslan av att vara en jovial och sympatisk hedersman som lät tala med sig, tvärt byts ut mot djup ruelse och förbannelse över sin egen dumhet och sin kontrahents förslagenhet. Den vältalige Magni Bengtsson som hade gjort sig omaket att ta sig hela vägen från Blekinge upp till smålands-gränsen och resolut konstaterat att det här minsann var en utsökt och rekorderlig liten gård för en sådan som honom att tillbringa ålderdomen på. Föga anade Sven att ford-ringsägarna var den gode Magni i hälarna redan på den tiden. Affären skulle avklaras raskt, menade Magni. Det fanns ingen tid att förlora när man väl hade bestämt sig. På betalningsdagen visade det sig att det fattades kapital. Magni var trots detta prekära faktum vid strålande humör. Han kråmade sig och gjorde sig till så mycket han bara kunde och ville påskina att det hela berodde på en stor knippa otur och olyckliga omständigheter långt bortom hans egen räckvidd.

"Inte ä de nåt å fästa avseende ve, Sven. Pengana ä på väj, säer ja ju. Vi råkas igen på månnda så ska vi ordna opp alltihopa, å handpenning ha du ju fått. Å inte var de nåt fel på di pengana?"

"Jaa", sa Sven och drog ut på det så mycket han kunde. "Handpenningen ä ju betalder den, de ä den, men de resterande vill jag allt ha innan du får nöckeln utå me. De ä nog tvonget de."

"Inte ska du oroa dig för det, Sven. Ja står ju här med hela flyttlasset å käring å ongar å allt. Nog kan du väl va hygglig å ge mig nöckeln. Vi vill inte gärna sova ute i den här himska blåsten. Ja har hört mig för här i bygden å alla säer att du ä den bäste å hyggligaste karlen som finns å uppbåda. Att du ä godheten själver, säer di, så di gör."

"Jaaha, säer di de ja. De gör di kanske. Men då får du allt slanta upp redit på månnda då, så säer vi väl de."

"De ska du ha stort tack för, Sven. De sätter ja pris på."

Men hur det nu än var, så var den gode Magni inte an- träffbar på måndagen, och inte på tisdagen och inte på onsdagen heller.

"Han har tatt en tur ner till Backaryd för å ordna upp det sista, men han är tillbaka i nästa vecka", kunde Magnis hulda maka meddela.

Nu började Sven ana oråd på allvar och när Magni inte behagade infinna sig påföljande vecka heller, surnade han till så pass att han såg sig nödgad att tillkalla länsman och vederbörlig utmätningsmyndighet. Gården fanns ju kvar och kunde således tas tillbaka i någorlunda oskadat skick. När de anlände fick de till sin förvåning se att det satt nytt och ovidkommande folk i stugan.

"Jaa, vi har köpt gården av Magni Bengtsson, enligt laga kontrakt och kontant betalning."

Utmätningsmannen bläddrade i kontraktet, slog ut med armarna och konstaterade att han inget kunde göra.

"Det rör sig om godtrosförvärv. Det enda vi kan göra är att gå på Magnis övriga tillgångar, om det nu finns några."

Naturligtvis fanns det inte en spottstyver att mäta ut. Magni var insyltad i en karusell av bedrägerier som syftade till att hålla de ilsknaste fordringsägarna på behörigt avstånd, men det tillkom ständigt nya. Nu var Sven i Almås en av de olyckliga. Det var pengar som han så väl behövde för att köpa ut sina syskon från föräldragården. Nu satt alla still och väntade på bättre tider som kanske aldrig skulle komma.

Klockan tickade oförtrutet vidare. När kamreren såg på den för tredje gången hade den stora visaren redan passerat sex, och alla visste att det innebar att det var en betydande försening i antågande, inte bara ett par minuters slarv.

"Kan han ha missat halv tvåtåget, tro?"

"I så fall lär det dröja tre kvart till. Såvida han inte har varit i Älmhult."

"Nä, han skulle bestämt hämta växeln i Hässleholm, har ja
hört."

"Ä de nån som har sett te han i byn på sistone?"

Kamreren gjorde tecken åt bokhållaren. Tio minuter
senare hördes ett välbekant skallrande av porslin och
skedar ute i korridoren och borgenärernas bekymrade
tankar kunde styras över till kaffebordets gemyt. Lika
välkommet som oväntat. Nu när de ändå satt där de satt
och var tvungna att vänta, var det som en herrans
välgärning att få sig kaffe med dopp till livs. Det var elixir
för oroliga själar.

Så småningom blev affärerna så vidlyftiga att lagens långa
arm fick grepp om Magni. I förliket ingicks en överens-
kommelse där borgenärerna fick en ackordsuppgörelse
som skulle restituera dem intill 80%, med vissa undantag
för förtur och prioritet. Det var långt bättre än ingenting.
En tids vistelse på fästning och slutligen halvtannat år av
idogt dagsverkande hade fått Magni någorlunda på fötter
igen. Dessutom hade Loshults sparbank gått in med
lånelöfte, men det som utgjorde lejonparten i uppgörelsen
var amerikapengar. Tre av Magnis vuxna barn befann sig i
Chicago och hade samlat ihop en ansenlig summa för att
hjälpa sin far ur trångomålet. Det var överenskommet att
Magni en eftermiddag i augusti skulle överlämna växeln
med det stora beloppet till de samlade herrarna i
möteslokalen och samtidigt fullföra nämnda ackords-
uppgörelse.

Allt eftersom klockorna tickade vidare i mötesdeltagarnas
bröstfickor, blev stämningen i lokalen av naturliga skäl allt
mer tryckt och resignerad. Det sista samtalet som rörde
sommarens avverkade skörd och höstens förväntade dito,

ebbade så sakteliga ut och det enda som hördes var återhållna hostningar och försiktigt prasslande med näsdukar i fickorna. En förlupen geting surrade runt sötsakerna och gjorde upprepade försök att sätta sig på borgenärernas öronsnibbar och nästippar. Klockan kvart över fem sträckte så Martin i Källstorp sig efter den sista skalken kaffebröd, alltmedan Sven i Almås tog hatten i hand och drog sig med tunga steg bort mot dörren för att lämna lokalen.

Kamreren skruvade på sig och såg sig nödd att sammanfatta den uppkomna situationen.

"Det är beklagligt att Bengtsson av någon anledning inte kunde närvara i dag, men ni kommer självfallet bli underrättade så snart vi har fått möjlighet att sätta upp en tid för nytt möte."

De kvarvarande borgenärerna masade sig motvilligt mot dörren medan de misstroget sammanfattade läget på sitt eget språk.

"Va i herrans namn skulle han i Hässleholm å göra när det finns bank här? De kunne en ju begrepet."

"De va en faen te å va knevliå."

"Näste gång ja ser han blir de ente rolit för han."

"Nu blir de te å suga på ramarna."

Säga vad man ville om Magni och hans tjyvaknep, men uppfinningsrik var han. Han hade varit timid och medgörlig och spelat rollen som ångerfull syndare så länge som det krävdes av honom. Och snälla barn hade han gubevars, som hade sänt honom dollars hela den långa vägen över Atlanten. Kanske borde någon ha tänkt på att det inte var en alldeles god ide att låta honom lösa ut den där växeln på egen hand, och varför i hela friden måste det tvunget göras nere i Hässleholm? Men ingen kunde väl tro att han skulle lämna käring och två halvvuxna ungar vind för våg, för det var dessvärre det som hade skett. Med nya, friska pengar i lomman vände Magni Loshultståget ryggen och styrde i stället kosan västerut mot Hälsingborg med vidare befordran till en väntande Atlantångare i Göteborg. Huruvida barnen i Amerika var glada åt att se honom, är svårt att sia om. Hur som haver, slutade han sina dagar där borta på andra sidan havet och hördes aldrig mer av i hembygden.

Inspirerad av en sann historia. Min morfarsmorfar, Måns Olsson, undslapp sina fordringsägare och försvann till barnen i Amerika. Hans förbrytelser var dock inte de samma som i novellen.

<u>**Folk som jobbar på Måsen**</u>

"Den där jäklar Elmen. Jag blir så förbannad på herajävlen som han går å skryter å håller på." Floppen var allmänt ur gängorna och gick och retade sig på den ett par år äldre Elmen.

"Han tror han är så jävla bra. Jag ska jävlar i mig visa att jag kan jobba bättre än han."

Elmen hade det där förargliga sättet som en del tonårskillar kunde lägga sig till med och för den delen behålla en bra bit in i gubbåldern. Han var så självsäker att han nästan trodde på alla rövarhistorier han berättade. Om nån kom och ville mucka för att han var stor i käften, tjänade det ändå inget till. Elmen var inte så korkad att han var stor i orden, men liten på jorden. Han var inte den allra lättaste att brotta ner.

Torvmossen, Måsen i folkmun, låg nästan jungfrulig och väntade den där kylslagna sommarmorgonen i juni. Natten hade varit klar och det var inte långt ifrån att frosten hade börjat nafsa i det översta torvlagret. Grabbarna mötte upp klockan sju, trötta och yrvakna. De flesta anlände på cykel. Elmen var så klart gammal nog att köra moped. En riktigt fin pjäs dessutom som Elmen hävdade att han hade fått mycket billigare än normalpris, vilket gav honom extra status. För en smålänning var det meningslöst att försöka ta poäng på att köpa onödigt dyra saker. Kunde man däremot få tag i klenoder till specialpris var det alltid en fjäder i hatten.

De blivande torvarbetarna molteg och tog sig en rejäl funderare på vad de egentligen hade gett sig in på. Medan de satt och nötte skolbänken hade det varit en härlig verklighetsflykt att räkna in lättförtjänta pengar där ute på Måsen. Mopedköp, fiskeutrustning, rockkonsert. Allt kunde köpas för pengar. För Floppen var det LP-skivor som hägrade. Han var helt enkelt tvungen att utöka skivsamlingen om det skulle bli någon reda med honom här i livet. Hur tusan ska man kunna bli rockstjärna utan tillstymmelse till inspiration? Alltför många gånger hade han stått och bläddrat i skivbackarna på Hartmans och bara kommit ut med en sketen singel, när han egentligen suktade efter dubbelalbum och maxisinglar.

Elmen var redan i gång med sitt prat. Om man lägger torven si och så, får man högre stapel och tjänar mer pengar. "Ja, jag bara försöker vara schysst och komma med tips så att ni också kan tjäna nån krona, nu när ni ändå har åkt hela vägen hit." Tävlingen var redan igång. Kunde man inte jobba lika bra som man pratade, straffade det sig i slutänden.

Håppidoppen var den borne grymtaren som helst gick i sin egen värld och hade målsättningar så högttravande att det var lika bra att hålla käft. De andra skulle ändå inte fatta ett jota. Han sket i vad Elmen, Floppen och de andra gafflade om. Han bara borrade ner huvudet i myren och jobbade på. För varje block han fick upp, grymtade han ljudligt, ungefär som när Jimmy Connors slog ett grundslag på Roland Garros. De som var närmast hörde grymtningarna och tog det som ren psykning och bad honom hålla truten. Det hade Hoppidoppen egentligen inte räknat med. Han bara skrattade, säker på sig själv som han var på att mängden grymtningar skulle vara nog för att ge honom hyfsat goda intäkter. Inte så goda som Elmens, men det kunde kvitta. Han kände knappt Elmen och hade inget större intresse att göra det heller.

Framåt kvart i nio den där första morgonen började Ola skruva en aning på sig. Han spejade ut över den vidsträckta myren och bort mot horisonten. Han såg ingenting av värde och utbrast av ren själslig oro:

"Haopp, va fasen, nu skolle ju kärringen vatt här mä kauffet!"

Det var en sensationell kommentar som spred sig som en löpeld över torvfältet. Ola 14 år, med knappa två timmars arbetslivserfarenhet hade redan lagt sig till med en vokabulär som anstod en 45-årig heltidsarbetande trebarnsfar. Och mycket riktigt. Efter några minuters orolig väntan dök så flickvännen Helena upp med en diger kaffekorg åt sin älskling, medan Elmen, Floppen och de andra avundsjukt fick nöja sig med svettiga ostmackor och ljummen saft.

Floppen hade inte valt platsen närmast Elmen. Han orkade inte lyssna på hans evinnerliga tjat. Han hade dock Elmen inom synhåll för att kunna följa varje rörelse han företog sig. Floppen var liten till växten men hade hyfsad kondition. Fram till frukost höll han Elmen stången. Sedan kom solen fram och började på allvar värma på kroppar som var föga vana vid hårt arbete. Floppen mattades en aning, speciellt när han såg hur Elmen oförtrutet hivade upp block efter block medan han slängde käft med sina grannar. De sista timmarna prövades Floppens fysiska och psykiska styrka till sitt yttersta. Han var så trött att han nästan inte orkade vara förbannad längre. Han bara längtade efter jordgubbssaft och svalkande sjöbad.

När förmannen räknade ihop blocken var det flera som fick anmärkningar och avdrag. Man kunde inte bara trycka ner grepen och dra upp vad som helst ur torvgraven. Då fick man inget betalt. Blocken skulle skäras i symmetrisk längd och bredd, annars blev det ingen reda med torkningsprocessen. Ola var sävlig, men glad och var en av dem som tjänade minst den första dagen, men vad betydde egentligen pengar när man kunde leva på kärlek? Hoppidoppens grymtningar visade sig ha givit honom en hedersam femteplats bland de drygt 20 torvarbetarna.

Förmannens blick gick så från Floppens torvhög och vidare till hans spensliga kropp.

"Bra, mycket bra", mumlade förmannen, alltmedan Floppen tycktes växa ett par decimeter. "Men dagens vinnare är Elmen med bara fyra godkända blocks marginal."

"Jag fattar inte varför du behöver ha så brått så att svetten rinner på dig. Man ska ju hinna njuta lite av det fina vädret också, men i morgon får vi öka på tempot, tycker jag. Det här var bara uppvärmning", sa Elmen med just precis det där förargliga tonfallet och just precis det där överlägsna leendet som Floppen hatade så innerligt. Floppen såg långt efter Elmen där han for iväg på sin överdådiga moped. Floppen var övertygad om att Elmen hade fått sin fina moped med hjälp av sin farsas stora plånbok och inte som ett resultat av Elmens egna sparpengar och handlingsförmåga. "Han försäljaren, gav mig ett helt fantastiskt specialpris, bara för att jag hade hjälpt honom så mycket."

På kvällen låg Floppen overksam hemma på altanen och var allmänt uppretad och grinig. Hans hulda moder och rättskaffens far fick ofrivilligt lyssna till allsköns opassande vokabulär som till synes planlöst slungades ut i den fagra sommarkvällen. Så småningom tog dagens vedermödor ut sin rätt varpå Floppen slumrade in av ren och skär utmattning. Alltför tidigt ringde så väckarklockan påföljande morgon. Floppens möra kropp värkte och senor och ligament ömmade som aldrig förr. Han kravlade sig upp på cykeln och var på plats samtidigt med de andra för att inte gå miste om nödvändig arbetstid. Han visste att det här var sista chansen att visa Elmen. Nu hade han vanan inne och skulle ta honom om det så bara var för en enda dag. Han kände att han hade chansen. Alla skrytmånsar måste nödvändigtvis ha en svag punkt som när som helst kunde blottas.

Samtidigt med de första spadskären nere i torvgraven kom regnet. Ett oförlåtande och junikallt regn strilade ner på våra hårt prövade torvarbetare och mycket snart skulle agnarna komma att sållas från vetet. Håppidoppen kliade sig i huvudet och såg lika blöt ut som han förmodligen kände sig. Grymtningarna kom alltmer sällan och kunde i vilket fall som helst inte överrösta det fallande vattnet som trummade mot marken. Nu kravlade Ola sig upp ur hålet och tog skydd under en spretig gran. Han började redan bli hungrig. Kanske skulle Helena hålla sig hemma en dag som den här, eller fick kärleken henne ändå att trotsa vädrets makter? Elmen som hade vågor i håret i vanliga fall, såg mest ut som en stripig och nydränkt katt. Nu stod han blick still och såg upp mot de blågrå skyarna. Var han färdig att kasta in handduken till förmån för en torr sådan? Var det värt besväret att plågas en hel dag? Floppen noterade med nöjd min det som höll på att hända med Elmen. Var det vatten som var den store Elmens akilleshäl? Men i glädjeyran halkade Floppen till mitt i ett skär och kunde inte få ordentligt grepp om det slippriga torvblocket. I nästa sekund låg han med näsan i gyttjan och spottade och fräste. Samtidigt skakade Elmen av sig vattnet och satte igång att jobba. Blocken kom upp i samma takt som dagen före. Floppen reste sig och började desperat hiva upp sina uppskurna torvblock, men det ville sig inte. Musklerna var utmattade och de spensliga armarna förmådde inte hålla tempot uppe. Hans block började se ostadiga ut. Synen av den envetet jobbande Elmen sög slutligen ur Floppens sista krafter och fick honom att resignerat sjunka ner på kanten av måsahålet.

Klockan 10.37 den 11 juni 1985 satte sig Floppen på cykeln och for hem till sin varma säng. Han skulle aldrig mer återse Måsen. Ola höll ut bra och även om förtjänsten inte blev så stor, räckte den till en fin födelsedagspresent åt den sköna Helena. Håppidoppen snålade som fasen i flera månader, innan han föll till föga och beställde en hel hög modellflygplansbyggsatser från Hobbex, mestadels Draken, som han i och för sig aldrig orkade bygga klart. Den sista hundralappen hamnade i fickan på en brännvinslangare. "Man vill ju inte gå till Folkparken och va nykter vareviga gång." Elmen tjänade oräkneliga summor som han inte använde till något speciellt. De hamnade på hög. Hans redan stora hög. Inte bara för att han var smålänning, utan för att han hade tusen andra sätt att tjäna pengar på. Den stora behållningen på Måsen hade varit att slänga käft med kamraterna. När Floppen plötsligt försvann blev arbetet tråkigare. Han behövde konkurrens för att trivas.

Ordlista, syd-smålänska uttryck:

Måsen - Uttalas Måå-senn. Myr eller mosse.
Here - Pojke/yngling. Kan också betyda son.
Kärring/käring - Kvinna.Flickvän/fru. En jäklar kärring däremot, är man förhoppningsvis inte närmare bekant med.

Va kôster en stor-kær?

I fordom huserade ett icke oävet ämne till stor-kær i norra delen av Mo härad. Precis i den änden av häradet som på den tiden det begav sig ännu tillhörde Västergötland hellre än Småland. På något sätt var det måhända symptomatiskt för nämnda stor-kær, som inklämd mitt emellan två av vår herres mest sparsamma folkslag, därför utvecklade ett ekonomiskt sinnelag av sällan skådat slag.

På samma sätt som de flesta andra i bygden, levde vår stor-kær till en början under enkla kår. En i mängden av ostyriga barnungar på ett småbruk som knappast bar sig. Syskon som en efter en försvann åt Amerikat till. Dem som blev kvar fick utkämpa en ojämn kamp mot väder, sten och oändliga myrmarker. Ni har säkert hört densamma klagolåten många gånger förut och kanske slagit dövörat till, men nu ska ni lystra, för nämnde stor-kær fick tidigt sinne för affärer. Han använde sig gärna av det gamla västgötska ordstävet "Kôster det nôtt?", hellre än att fråga efter vad någonting kostar, så som smålän-ningarna brukar göra. Så småningom kunde han ta över småbruket av sina föräldrar och det dröjde inte länge innan han började köpa på sig mer mark. Han la ihop två och två och kunde konstatera att skogsmark var billig medan åkermark var dyr. Om inte så länge visade det sig vara en god tanke i en bygd som skulle komma att översvämmas av snickerifabriker. Hur som haver, var det likaväl åkermark och storlek på boningshus som ingav respekt i trakten, men på de små skogsgårdarna som amerikafararna lämnade efter sig fanns också en del åkermark att bruka. Många bäckar små, var också det ett måtto för en blivande stor-kær som så småningom kunde kosta på sig att resa en nog så imponerande man-gårdsbyggnad med vid utsikt över väl tilltagna tunnland. Utgiften grävde hål i kistan och sved i snåltarmen, men hur som haver var det ändå ett bygge som fick lov att kôsta lite grand. Hur skulle utsocknes annars få klart för sig vem som var stor-kær här omkring?

När Stor-kæren närmade sig de 40 hade han lagt på hög och satt in på bok i många långa år. Lika länge hade den gamla vanliga litanian cirkulerat i grannskapet.

"Är det inte dags å stadga sig snart? Han har ju både sparat upp och har kvinnotycke. Det är väl inget fel på han, bevare oss väl?"

På det blev svaret alltid att "Det tål att tänkas på. Det kôster ju en del att vara fler i stället för en."

Men hur det än var, fann Stor-kæren det svårt att motstå den fagra Evelina borta från Åsenhöga socken. Hon var allt något att hålla i när åskan går. Ekonomiskt sinnelag, som sig bör, och till på köpet begiven på hantverk och van vid rejält arbete på gård. Det var ändå inte varje dag ett så pass rekorderligt fruntimmer kunde beskådas i dessa trakter.

"Nog skulle man kanske ändå göra slag i saken å gå sta å gifta sig", nämnde han för prästen vid ett väl valt tillfälle.

"Nog ska du det min son, det är dig väl förunnat."

"Och inte kôster det väl nôtt heller, så att säga", sa Stor-Kæren skämtsamt, såsom västgötar gärna gjorde.

"Nej, inte gör det det. Inte gör det det. Fast...."

"Fast??"

"Fast det klart att ena kær i din ställning förväntas väl, så att säga ställa till med något ståndsmässigt här i bygden, om man tänker. En större bjudning skulle väl inte komma oläg1igt precis, om man så säger."

"Men vad är det du står och säger, präst? Det kôster det! Och Evelinas föräldrar är inte i stadd kassa. Det blir allt jag, och ingen mindre, som får stå för fiolerna."

"Ja, det ska man inte sticka under stol med att det gör, men lite får det nog allt kôste om du inte ska få blickar i nacken var gång du visar dig ute i bygden. Stor-kær och allt. Det är en titel som förpliktar"

"Då låter jag hellre bli. Då får vi leva i synd tills vidare, jag och Evelina. Inte är det så noga med formaliteter. Kan inte begripa att det ska behöva kôste och att folk ska vara så ogina mot sina grannar."

"Ja, det kôster det också" fortsatte prästen.

"Ja, det är ju det jag säger, att det kôster."

"Men", sa prästen, "det där med å låta bli, det kôster det mä. Folk är kyrkliga av sig här i bygden och hur ska du bära dig åt när det kommer barn? Det blir alldeles ohyggligt. Inte kan vi ha en horkarl i det kommunala heller. En löskekarl som avlar barn med ogifta pigor. Det går då rakt inte för sig. Då får du gå. Det kôster mer å inte gifta sig än å göra det. Sanna mina ord."

Nu blev vår Stor-kær mäkta förgrymmad. Skulle inte han, som var stor-kær och allt, få göra som han själv ville? Han som hade ett och annat att säga till om här i trakten. Skulle inte ett enkelt, hederligt bröllop för de närmsta vara nog? Han gick och muttrade i flera veckor, arg och för-smådd av småsinta bönder och förnäma predikanter. Till slut gick han till självaste Straka Norrland för att be om råd. En karl från Lapphelvetet som kommit till bygden när den förgjordade järnvägen skulle förlängas från Bogesund och bort till Jönköping. Straka Norrland blev kvar som fast stationerad järnvägare inne i samhället och gifte sig med en jänta från Mulseryd. Tillnamnet hade han inte fått för sin styva rygg, utan för att han kunde tåla sup efter sup utan att så mycket som svaja en tum.

"Jomenvisst", sa Straka Norrland. "Hä som int lätt å förklar för dom som int begrip. Du får som 'fundera ett slag å väga för å emot å tänke på vad andra som är klurigare än du har åstadkommit." "BEGRIP DU VA JA SÄJ??", skrek Straka Norrland rakt in i örat på den villrådige Stor-kæren, som fick gå med lock för öronen i flera dar.

Det var inte mycket till hjälp att försöka hämta råd från en sådan, men var det inte så att Straka Norrland blev gift i hemsocknen sin och inte här? Skulle det vara något att begripa det, menade han? Kæren var ju ändå bara små-kær när allt kom omkring, och järnvägare.

Efter några månvarvs funderingar såg dock vår Stor-kær åter nyter och stursk ut, precis som i fornstora dar. Kanske hade han ändå skådat morgonljus i dimman. Tack vare Straka Norrland, eller inte. Nu drog Stor-kæren sålunda på sig storstövlarna, spände ut bröstet, placerade tummarna i armhålorna och lät fingrarna beskäftigt vila på ovansidan av storvästen för att emellanåt trumma dem upp och ned i triumf, så som en stor-kær gärna gjorde när han kände sig självsäker och allmänt kæraktig.

"Nu du, präst, ska du få höra att det blir giftermål av i alla fall."

"Det var glädjande, käre du. Har du också bestämt hur det ska bli med allt det där som måhända kôster en krona eller två?"

"Nog har jag det, alltid. Nog har jag det."

"Då ska jag ta fram boken och sätta upp en tid för lysning och en annan för vigsel. Var det någon speciell tidpunkt du hade på lut?"

"Ånej du, min gode man. Det blir inget av med det där. Det är nämligen så att bror min, Ivar, borta i Kanada skickat biljetter till oss. Han propsar på att vi ska komma till honom, Över Där, och ha ett hejdundrande bröllop på gården hans. Jag har ju väl så många släktingar Över Där som här."

"Det var enna skråen, å kôster...."

"Kôster gör det nu inte, för bror min vill absolut bjuda på både resa och kalas. Han är ju storkær Över Där, som man säger. Det går minst fem såna kærar som jag på en enda stor-kær Över Där. Så där finns det allt resurser. Och inte kan jag väl klandras för att min familj vill hålla bröllop för mig. Är det nån härifrån som vill lägga respengar på att gå på bröllop Över Där, så inte mig emot. Då blir det allt jag och bror min som står för uppehället. Så sant som det var sagt. Jo män."

Efter ett par månaders bortvaro återvände så de halvunga tu till Norra Mo i egenskap av man och hustru. Brunbrända och friska såg de ut. Det var så klart varmt och gassigt Över Där i Amerikat och svårt att skydda sig mot solen, som så mycket annat säkert var betydlig större där borta. För att visa sig gentil, slog Stor-kæren hör och häpna till med att invitera till öppet hus hemma på storgården. Bara för att ge ortsborna chansen till hyllningar och lyck-önskningar, nu när det inte blev någon bröllopsfest av, men en kopp med dopp och en pratstund skulle de i alla fall få sig till livs.

"Men inte skulle ni väl....." protesterade Evelina blygt. "Vi som varken höll bröllop eller fest för er. Åsså kommer ni mä fina presenter."

Nu skämdes hon lite lagom, men Stor-kæren var inget annat än förnöjd. Att både äta kakan och ha den kvar var ingalunda något som han hade invändningar mot. Möjligen tornade dock ett litet orosmoln upp sig i kvällsbrisen när Knappa-Pettern tog till orda.

"Det sulle ennasôm va rolit å se ett tocket dära bröllops-papper från Amerikat. Hur ser di ut tro? Står det på utrikiska å allt, hur sa en då va säker på att en ä redigt gifter?"

"Det kan jag inte säga så möe om, för ett tocket certifikat ska inte släpas runt och visas hit och dit. Det är skrevet på fint papir och ska ligga där det ligger i säkert förvar", förklarade Stor-kæren myndigt, och sen var det inte mer med det.

När prästen tackade och tog i hand, flikade han så tyst han kunde in att det där certifikatet i alla fall måste plockas fram ur sina gömmor en endaste gång så att han som företrädare för inskrivningsmyndighetæn, med gott samvete kunde anteckna makarna som lagligen gifta i sina rullor.

Det var en eftersläng som Stor-kæren måhända inte hade räknat med, för han såg allt lite kallsvettig ut innan han fann sig.

"Nog ska han få se papirerna allt. Nog ska han det."

Åren gick utan att prästen såg skymten av något certifikat, trots upprepade propåer, men prästen var klok nog att inte gå alltför hårt åt en man som ändå var innehavare av titeln stor-kær, och inte blev Stor-kæren mindre stor med åren. Prästen tänkte väl sig att en ny och yngre efterträdare skulle klara uppgiften bättre. Det gjorde den nye prelaten nu inte, utan konstaterade frankt att det var allmänt omvittnat att bygdens stor-kær var gift som bara den, och så skulle det också komma att stå i böcker och rullor för all framtid.

Det var inte förrän Stor-kæren hade fått slaget och blivit lite lätt lullig som Evelina lättade på sekretessen och i alla fall upplyste de närmaste om hur det egentligen hade gått till när de två blev man och hustru. Nog var bröllopscertifikatet utländskt alltid, men inte var det från Över Där. Evelina var som sagt ett rekorderligt fruntimmer som det inte gick att slå dunster i, och något så dumt hade Stor-kæren heller inte försökt sig på. När de anlände till Hovedbangården i København, i stället för hamnen i Göteborg, där de digra atlantångarna låg och väntade, var Evelina därför redan väl medveten om orsaken. De skulle gifta sig i sjömanskyrkan på Amager och därefter tillbringa fyra veckor på ett större gods på Själland där Stor-kæren under den bråda skördetiden hade fått arbete som förman ute på fälten, samtidigt som Evelina skulle tjänstgöra i köket.

"Det var allt en fin smekmånad det. Han sov med karlarna och jag med fruntimmerna och det kôsta ingenting alls, snarare blev det en god förtjänst i slutänden. Det var som vanligt. Vi var dom rikaste i bygden, men unnade oss ingenting. Inte ens när vi gifte oss."

På ålderns höst fick Evelina ändå någon nytta av sin mans ekonomiska läggning. Efter ett liv i strävsamhet och avsaknad av lyx, moderniserade hon hela huset och blev en av de första i trakten att få badrum, elektrisk ström och till och med bil. Allt medan den forne Stor-kæren satt overksam i en länstol och bevittnade det som skedde, oförmögen att lägga in något veto mot ett sådant vettlöst slöseri. Det hela kôstade ju en smärre förmögenhet.

"Det kunde han gott betala, den kraken", konstaterade Evelina.

Bottnaryds socken i Mo härad tillhörde Älvsborgs län fram till 1895, därefter till Jönköpings län.

Hurusom Straka Norrland kom att bli Gud, far och gudfar i samma släng

Det dånade, osade och tjöt något alldeles förfärligt när Straka Norrland anlände till byn. Förvisso kunde Norrland själv orsaka en hel del oväsen med hjälp av sitt välsmorda munläder, men saken var den att det var Straka Norrland som anförde det allra första ångloket som anmälde sin ankomst till den nyanlagda stationen. I egenskap av järnvägare övervakade han jungfruturen från Bogesund, ståendes tillsammans med lokföraren vid styrstaget med skärmmössa, smäck, protokoll och allt. Medan de mottog folkets jubel, serverades det som sig bör tårta med förfriskningar för allmogen och handskakningar, tal och krusiduller för landshövding och annan överhet.

Med en tår i ögonvrån såg Straka Norrland tåget ånga vidare i riktning mot Smålands Jerusalem. Det var en symbolisk handling att mönstra av och packa samman just på denna plats. Emedan tåget gjorde sin jungfruresa sjöng Straka Norrland sin svanesång. Efter tjugo år i järnvägens tjänst som kringflackande pionjär skulle han nu stadga sig i fast tjänst på station. Ett märkligt val kan tänkas för en boren vagabond, men som ni säkert har förstått är det kvinnlig fägring som har fått den strake Norrland att vackla och stappla. Som var och en begriper blir det andra bullar och direktiv när en flicka får sig en karl i huset att domdera med. Ordning och reda i stugan och fasta rutiner. Sådana nymodigheter fick Norrland vackert vänja sig vid. Här i surmyrarnas förlovade land skulle han bli tvungen att slå rot och bygga bo bland ett folk som visste hur man levde sparsamt. På gränsen mellan smålänning och västgöte, där den förres måtto är att alltid fråga "Va kostar dä?" och den senares "Kôster de nôtt?".

Riktigt när i tiden Straka Norrland förtjänade sig sitt tillnamn kan man inte så noga veta, mer än att det var efter att han hade lämnat Lapphelvetet och innan han anlände byn. I rallarnas sällskap gällde det att visa sig manlig, trots att han var halvt om halvt pärmbärande pennviftare, och att Norrland var strak och inte vinglade till för vad som helst fick omgivningen snabbt lära sig. Man kunde förvisso tro att han tuggade sten och var byggd av ektimmer, senig och kraftfull som han var, men det var ändå brännvinet som var den viktigaste måttstocken. Norrland var lika strak och stadig på foten vid den första supen som när halvlitern var tömd och sen var det inte lönt att diskutera den saken mer. Både rallare, tjänstemän och ortsbor fann nöje i att umgås med Norrland. Till och med fromma och frälsta hade överseende med drickande och grovt prat när de emellanåt fick höra hans basröst stämma upp i psalmernas psalm, O Store Gud. Inte ett enda rallaröga lämnades torrt efter en sådan serenad.

För Hildas del var det viktigt att få smått i stugan. Det hörde liksom till och vad annat skulle karlen användas till när man nu ändå hade en. Det gick till en början lite trögt med den detaljen för Norrlands del. Hans kringflackande liv med flickor i diverse hamnar hade vant honom att vara försiktig med sin säd. Att spilla den vid sidan om, så att säga, var väl en nödvändighet för den som ville undvika att känna igen sin egen avkomma vid var och varannan station. Därför blev det till den väna Hildas besvikelse ofta som så att Norrland glömde bort sig mitt under kärleksakten och gjorde som han var van. Därför lät också ljudet av barnaskrik vänta på sig där borta vid ban-vaktarbostaden. Det var inte alla som blev på tjocken bara av att komma nära en karl heller. Det måste nötas lite grand för att ge resultat.

En kuriositet var att Norrland funnit sig en vän borta på Storgården. Det fanns dem som höjde på ögonbrynen åt att traktens stor-kær nedlät sig till att frekventeras med en enkel järnvägare av folket, kan tänkas. Då hade de kanske glömt at Stor-kæren själv var av enkelt ursprung och inte så knusslig med det formella. Visst hade de det trevligt i varandras sällskap, men vad värre var smiddes det ränker som knappast gillades av respektive hustru.

"Jag har ju tronföljden tryggad så att säga", anmälde Stor-kæren kavat, där han satt och avnjöt värmen i Norrlands egenhändigt byggda badstuga. "En fin pojk har jag fått och det tycker jag egentligen är väl så tillräckligt. Kommer det fler ska det bråkas om arvet och delas upp. Det är inget vidare när man en gång har lagt manken till och samlat på sig sin areal. Då vill man lämna över ett orubbat bo, så att säga. Och sen kôster det ju en del att möblera sitt hem med barn."

"Din snålfaen du. Snålvattnet rinn som fortare än tåge går. Du är väl den ende härikring som har råd å fylla stugan din med barn du, och vad arvet beträffar så drabbar det väl inte dig nämnvärt eftersom du lär vara död och begraven när det brakar lös."

"Njaa, de som kôster de kôster och det gör allt lite ont, hur man än räknar."

"Int faen är jag den som ska sätta mig upp emot tio Guds bud i denna gudfruktiga bygd, och synda på det allmänna påbudet om att befolka jorden, men om du är så dumsnål att du bara ska ha en enda unge uppe i slottet ditt, så får jag väl se till å hjälp dej ändå. Man ska som sätt pris på dom vänner man har, snåla eller icke."

"Det är jag dig evigt tacksam för, Norrland och jag har ju redan tackat dig flerfaldigt för ditt goda och sparsamma råd om att hålla bröllop på främmande ort och på så sätt spara in på både fest å präst, så att säga. Jomän."

Och så kom det sig att Stor-kæren anammade Norrlands gamla ovana om att spilla säd, och det resulterade i just ingenting, precis som förväntat. Sinom tid råkade så Norrland Stor-kærens arma hustru, Evelina, nere i byn, som numera var att betrakta som ett stationssamhälle och hyste både handlare, matservering och barberare, för att nämna några förrättningar.

"Hur som far livet fram med en sådan som dig, Evelina? Det var ett tag sen vi sågs."

"Åhh, det är allt inge vidare det, får jag säga."

"Int det? Vad i all världen kan det vara för fel med dig, du som brukar vara så flink och rask?"

"Åhh, de ä môcke de. De är så illavuret så."

"Jaaah, men som va kan de vara då? Du som har finaste gården i Mo härad och en liten son och allt."

"De ä just de som ä problemet, att ja har en liten en, som inte har nåt syskon."

"Men nog kommer det fler i huset allt. Bara vänt å se du. Du ä ju fortfarande ung å stark."

"Ähhhh!"

"Ähh och ähh?"

"Ähh, de änte nåt som man pratar mä karlar om. Seså, väck mä sej han, ja har bråttom. Adjö mä sej Norrland. Å hälsa frun!"

Omsider gick det upp för den inte alltid receptive Norrland att det var hans egen förtjänst att Stor-kærens arma hustru gick och tjurade. Hon verkade närapå folkilsk, den goda Evelina, hon som brukade vara lugnet själv. Och nu var det liksom för sent att ta tillbaka det goda rådet. Stor-kæren skulle inte lyssna på det örat, det var säkert det. Men hur som haver så var nog Norrland i alla fall mest på Evelinas sida. Nog borde en stor-kær släppa till så att det blev ordentligt med arvtagare i huset. Vad skulle dom göra om den ende sonen förolyckades? Då stod de sig slätt däruppe på storgården. Då fick de ta med sig pengarna ner i graven. Efter en tids funderande kom så Straka Norrland fram med något som skulle kunna ses som en lösning på dilemmat.

"Nog vet ja hur de e fatt, Evelina. Hä som mitt fel dehärdå med min stora trut som inte kunde va tyst. Men här ska du få se vad jag har ordnat fram."

"Va ä nu de för tosingagriller? Kommer du dragandes mä ett gammalt rep. Va ska ja mä de te?"

"Joo, hä som int obra de. Se bara till å ha repet under dig. Sen lägger du de båda ändarna upp över Stor-kærens rygg, över lakanet så han inte känn repet, åsså knäpp du ihop det hela med smäcken här. Å sen när han ska till å leverera så spänner du åt såhär så han inte kommer loss."

"De var bland det tokigaste jag har hört. Det kan du väl ge te din egen käring så att den stackarn blir med barn. Ni har väl inte fått nåra än?"

"Åjoo men visst, jag har som allt levererat i stora lass den senaste tiden, så vänt du bara."

Med repanordningen, gick det som förväntat. Storkæren slet sig loss, om än med visst besvär och kunde inte begripa hur Evelina plötsligt hade blivit så armstark. Straka Norrland mottog beskedet med jämnmod.

"Joo, ja har som allt lite fler idéer jag. Det enda som hjälp nu är handgripligheter. Jag får helt enkelt hjälpa till själv."

"De va det värsta ja har hört, ska ja behöva ha dej i sängen för å bli mä barn. De vill ja då rakt inte va mä om."

"Lugna sig nu, så illa ska de nu int behöv å bli. Jag har allt en fin plan, ja", sa Norrland och redogjorde för hur det hela skulle gå till.

"Det var det dummaste ja har hört i hela mitt liv. Den gamla skrönan kan man inte omsätta i verklighet, de begriper du väl. Dessutom får man bara en chans, och du ska veta att kvinnor inte kan bli med barn när som helst. Det måste vara i den exakt rätta perioden."

Till slut fick han i alla fall med sig Evelina på det vådliga företaget. Norrland infann sig på avtalad tid och satte sig att vänta i en mörk vrå av sovrummet. Han hann nicka till lite lagom innan det var dags för herrskapet att gå till sängs. Sedan fick han vänta på nytt. Det prasslades och tasslades en del, men det kunde verka som att Evelina hade vissa problem att få den slöe karlsloken med på noterna. Det vore allt försmädligt det. Till slut fick ändå den goda Evelina sin vilja fram och allt fortfor som sig bör. Då reste sig plötslig Norrland upp i sin fulla längd. Smidig som en katt smög han sig fram i riktning mot den äkta sängen. I händerna bar han en diger och lagom lång bakspade. Tanken var att han genom spadens längd skulle kunna utföra sitt uppdrag utan upptäckt och snabbt dra sig tillbaka i mörkret. När så Stor-kæren skulle till att leverera tryckte Norrland resolut ner bakspadens flata ovandel på Stor-kærens ändalykt. Stor-kæren kämpade sig uppåt men möttes av en omutbar kraft ovanifrån som utgick från Norrlands seniga och muskulösa armar. Norrland tog i allt vad han kunde och pressade Stor-kæren dit där han hörde hemma och när Stor-kæren slutligen utstötte ett karaktäristiskt vrål förstod Norrland att han var på väg att lyckas. Precis i det ögonblicket gav spadskaftet vika inför Norrlands ovarsamma behandling, varpå Norrland brakade i golvet och exponerades både inför herre och fru. Huruvida det uppstod handgemäng eller om Stor-kæren stillsamt resignerade inför fullbordat faktum, förtäljer inte historien, men några månader senare gav sig resultatet av Norrlands nattliga eskapad till känna i form av en växande mage.

Straka Norrlands Hilda begåvades även hon med en liten, som föddes blott en månad före Evelinas dotter. Strax före barnadopet råkades de två fäderna inne i samhället. Norrland lite förlägen, Stor-kæren oväntat munter.

"Nu när du har spelat Gud och tagit dig friheter, tänkte jag ta mig vissa friheter med dig, Norrland."

"Joo, som dää."

"Jag tänkte som så att flickan behöver en gudfar och där skulle du komma väl till pass."

"Int ska väl ja? Ja som är vanlig järnvägare. Int passar sig väl de."

"De ska nog gå bra det", sa Stor-kæren och tryckte sin gamle väns hand så hårt han kunde.

"Tja, varför inte? Inte kôster de nött å va gudfar heller, hä som en ren ära det!", sa Norrland och försökte låta som en infödd västgöte.

"Jaa, jag vet inte jag. Nog kan det kôste en hel del, det. Det kommer ju helt an på vilken slags gudfar man vill vara. En guddotter vill nog gärna ha en silversked till födelse-dagen och diverse passning och uppvaktning, av och till. Med en så snäll gudfar som du, tror jag nog att jag ska kunna gå med vinst på det här lilla söta livet, jag."

Och så fick Stor-kæren sista ordet i vanlig ordning. Han var väl inte stor-kær för inte.

Hä som int obra – Dubbel norrländsk negation. Inte obra blir alltså bra.

Järnvägen gick mellan Ulricehamn (tidigare Bogesund) och Jönköping via Bottnaryd.

En rock i Velinga

"Velkômmen, velkômmen sa du va, Ljungbacka-Erik."

"Ha män, tack sa du ha, de sa ble wrolit se."

"Sätt dek her sånn på sôffah, den e mjuker å goer den."

«Nää, sôffah behövs la'nte te å setta på, se. För ja setter helst på oueeva.»

"Jahahamän, du er wroliger du Ljungbacken. Å då löner det sek la'nte å ge dek noen kôpp te kaffet å drecka mä?"

"Nääe, ja drecker helst mä munnen, se."

"Ha män du Ljungbacken. De ä wrolit å ha dek här hos oss i wraddjon. Men du ha la'nte kômmet hit bare för å va wroliger. Det fenns en spesiell anledning te att vi har bjudi hit dek. Va ä de du ha tänkt att du sa prata ôm ida?"

"Ha män, de gör de se. De stemmer präxist de. Ha sa berätta om den hera wrocken."

"Wrocken ja. Du mener den hera wrocken som sa va i Velinga?"

"Ha män, den ä i Velinga, den wrocken. De ä den, se."

"Ha män, å du kômmer alltså frå Velinga her utenför Tidahôlm. Hur mö fôlk bor de i Velinga?"

"De e la ente så monga de. Ja själver å kjeringa, Lisa, bor ju åppe på Ljungbacken, som sågt var, å sen e de la bara

Börje å Sven som bor nere i själve Velinga, inne i byn om man säjer. Å sen borte ve kjörka har vi ju han prästen Börje. Han heter Börje han å, se. Åsså Nesse i Svängen om en sa räkna me han."

"De va'nte monga de, Ljungbacken. Å likevel sa ni årna mä den hera wrocken."

"Ha män, de va det hera mä wrocken ja."

"Ha män, hur kôm det sek at du kôm å tänka på de hera mä wrocken?"

"Ha män se, då va det sånn att jå kôm körannes mä min tråktor, de ä en gammel Fordson Major frå 40-talt, der bôrt mot Fölkabo te. Kom körannes der sånn. Å då feck ja se ena kær å ett fruntimmer sôm sto der i veikanten, mä ena nuer å finer å dyrer bil. Sto der enna å så ut sôm fråjetecken. Å de va ju tur i oturen att de ente va två kæra å två fruntimmer, för då hade de ju vart dubbelt så besvärligt. Hamän, å då fråja Ja varför di sto der å glodde sånn. Vi har fått bensinslut, sa dôm då. Hamän, då e de la bara te å köpa bensin då, sa ja. Nä, de hade di ente råd å köpa, sa di. Då sa ja de: Har i råd å köpa bil, så har i råd å köpa benn-sinn!!!! Å då ble di wrätt långa i synen."

"Ha män, de va wrolit, Ljungbacken. De va enna domme stabor frå Skara eller Skövde kan en tro. Å va de då du kôm på de hera mä wrocken, när du körte der sånn mä tråktorn?"

"Ha se, ha män. De va så sant de ja, att då fortsatte jå å köra änna hem te Velinga der sånn, å när ja va nästan framme feck ja syn på den hera wrocken."

"Att du kôm på den hera ideen mä wrocken tänker du, när du kôm in te Velinga, att du skulle ta dit fôlk sôm sulle spela wrockmusik?"

"Nja, de vetjante redigt, men när du börjer å prata om wrock, så kômmer jå å tänka på han Välls. Robet Välls, nu eeh, han spela ennasôm wrockmusik han, de så ja på TV en gång. Långhårter ä han, han Robet Välls."

"Ha män, det va ente dålit de Ljungbacken. Å ha tumme me Robet Välls."

"Han Robet Välls, nue, de ä enna schkrôen så långhårter og skäggete han ä blett. Han borde köpa sek en utåv de hera fine wråkapparatera som di har nu för tin. När ja va liten onge sto far min allti å wråka sek med kniv å hôvel. En va rent wrädder att han sulle skära sek, men sen når di hera nue wråkapparatera kôm, så köpte han en utå di, å då ble han så nöjder så. Di hera nue apparatera di ä så görbra. Alldeles lent å fint å slätt blir det, sa han å tog sek om haka, bara man tar ett rejält tag med hôveln etterpå, förstås. Jodå, de ä wrolit se."

"Ha män, du ä wrolier du Ljungbacken, men stämmer det då som du säjer att du har tingat han Robet Välls te å kômma te Velinga å spela Rhapsody in wrock? Å vecka fler stjärner ä de du sa få dit? Kômmer de nåra utå Bert Karlssôns i Skara, tro?"

"Nä, det kômmer ingen Välls te Velinga. Nädå, de gör de ente se. Å han Bert Karlssôn ser änna ut som ena bäver med di dera store framtennera han har. Men, de va som sågt sånn at ja kôm körannes der mä min Fordson Major å då feck jå se att de hängde ena wrock der sånn i vejskälet, enna mett över skôlten som peker mot Ballebron. Skômde så en så varken den skôlten eller skôlten mot Tidahôlm. De töckte jå va kônstet."

"Ena wrock? Ena wrock som man har på sek?"

"Ha män, just präxist. Wröer å finer va den. Den hängde der mett i vejen å då unnra ja ännasôm vem sôm hade hängt den der."

"Jaha, men har du kômmet hit til oss på wraddjon för å setta å tjöta om ena wregnwrock? Va sa det va bra för?"

"De vetlante jå. Jå trodde ennasôm att i velle hjälpa te å etterlysa äjaren te denne hera fine wrocken. Alldeles nuer å dyrer å finer ä den.

"Å wröer."

"Ja, wröer å granner ä den. Å om de ente ä nôn sôm vell ha han så behôller ja han gärna själver om ja får. Lisa brukar alltid klaga på att ja går klädder som ena bonnaläpp."

"De kan ja aldri tro."

Inspirerad av låten *En rock i Velinga*, av *Errol Norstedt*.

En Mörnbäckare

"Kan vi inte ha en historia om drängen, pigan å pastorn å sånna goa grejer?"

"Det blir la tjötit. Den har vi la hört tusen gånger förut."

"Men om vi låter helt oväntade personer spela de olika rollerna, så blir det enna sköj!"

"Vilka tänker du på då, Harald?"

"Okaaj. Då ska du få höra min rollista her."

"Okej."

"Okaaj. Bonnmoran spelas utåv Glenn Hysèn: Naaa, bonnmora å bonnmora, e lante nå kônstit me de. Föda ongar, jôbba i lagårn. Stark i krôppen. Enga problem la, vetlantebavafavablaabla......"

"De va la lite otippat ja. Vad har du mer å bjuda på, Harald?"

"Okaaj. Som Patron ser vi Jan Gulliou: I egenskap av före detta ordförande i publicistklubben, sveriges främste journalist, bäste deckarförfattare, meste bestseller-författare och bäste debattör, ser jag det som en själv-klarhet att jag är den ende i församlingen som besitter tillräcklig pondus och intellekt för att på ett trovärdigt sätt kunna gestalta en person med så pass hög status och maktposition."

"Pastorn spelas av Per Oscarsson: Jaa serru, ja är gammal å förvirrad serru. Glömmer va ja heter å sitter å stirrar rakt ut i luften. Å guds hemliga bud ska jag nog kunna räkna upp ett par tre hundra utav, det kan du lita på serru. Du kan räkna med mig Harald."

"Pigan, Kim Källström: Ja kan gärna va piga, fast egent-ligen spelar ja fotboll, i Rennes. Det ligger i Frankrike. Fast ja kommer från Partille från början. Fast sen gick ja te Häcken, å sen te Djurgårn."

"Då har vi bara Drängen kvar, Harald. Det är väl nära på huvudpersonen i det här typen av skådespel?"

"Det kan man säja, å på den posten har vi ingen mindre än Gudrun Schymann: Jag vägrar anpassa mig till det patriarkala bondesamhället och kräver att karlarna tar ansvar för att torka skit efter alla kalvar och lammungar på gården."

"Okej, Harald. Det var ingen dålig ensemble. Det blir änna som en klubb me goa gubbar."

"Okaaj."

"Ska vi köra igång då?"

"Okaaj."

"Okej."

"I egenskap av före detta ordförande i publicistklubben, sveriges framste journalist, bäste deckarförfattare, meste bestsellerförfattare, bäste debattör och numera högste patron i grannskapet, finner jag det naturligt att jag är i min fulla rätt att kräva att alla traktens kvinnfolk ska stå till tjänst med sexuella tjänster närhelst jag finner det angeläget. Självfallet räknar jag med att Bondmoran ställer till förfogande alla gårdens pigor och övrigt tjänstefolk närhelst jag behagar kalla på dem för full-görande av sina plikter."

"Naaa, vafan, jå kan la ställa åpp på lite rajtan-tajtan. Stark i krôppen, elante nå problem, men han e ju så jedra ful den där Gulliou. Som en liten tjôti jedra Michelin-gôbbe. Jå få'la blunda eller hôlla för öronen eller nôtt, eller va säjer du Pigan?"

"Ja vet ente om ja har tid å ställa upp bara för att han Gulliou ska tillfredsställa sina köttsliga lustar. Jag har trening både måndag, tisdag, onsdag och torsdag. Å sen på helgen e det match. De skulle va freda då. Vad tror du om det Pastorn?"

"Nääh, de går inte för sej serru, kommer inte på fråga. De skante va nå lösspringande här på bygden inte, nä de ska jag sätta P för serru. De är allt församlingen som får betala för horungarna, det vet ja nog hur det brukar sluta. Ska det va nåt snusk häromkring får det allt hållas på prästgården här hos mej. Och du Drängen, du håller dig i skinnet serru, annars ska du få med mej å göra."

"Jag ska inte behöva hålla tillbaka mina lustar bara för att överklassen och prästerskapet ska ha förtur. Jag kommer att stå på höskullen och slåss för min rätt till könsumgänge om jag så blir tvungen att ta till hötjugan."

"Det var ord och inga visor det, Harald. Hur tror du att det går?"

"Det får vi se i nästa veckas avsnett. Då ska en av deltagarna röstas ut och får ta spårvagnen hem."

"Okej, det blir spännande!"

"Okaaj.

*

I förra veckans avsnitt såg vi hur Jan Gulliou i egenskap av Patron gav order om att Glenn Hysen och Kim Källström skulle ställa upp på diverse sexuella tjänster. Mot detta invände både Per Oscarsson och Gudrun Schymann, men av skilda anledningar. Den här veckan hotas samtliga deltagare av uträstning. Hur ser du på det Per Oscarsson?"

"Näähäää, serru. Det kommer inte på fråga. Pastorn måste va kvar, annars blir det ingen ordning på torpet. Ni får inte rösta på mig. Själv ska jag rösta på Pigan. Hon springer ju iväg på träning hela tiden trots att det finns massor att göra i lagårn, eller hos Guillou, eller i kyrkan. Inte vet jag, men ut ska hon."

"I egenskap av före detta ordförande i publicistklubben, sveriges främste journalist, bäste deckarförfattare, meste bestsellerförfattare, bäste debattör och numera högste patron i grannskapet, finner jag det befängt att ens antyda att en potentat av min kaliber kan nomineras för något så trivialt som uträstning, som om det rådde någon slags demokrati eller folkstyre i bygden. Själv kommer jag att lägga min röst på alla övriga deltagare, men om jag prompt blir tvungen att välja, får det bli Pastorn. Det står bortom allt tvivel att hans förvirrade rappakalja slår griller i allmogen och äventyrar min naturliga position som överhöghet."

"Okaaj, Kim Källström, Pigan, vad säger du?"

"Ja vetente. Ja tycker han Gulliou pratar för môcke, åsså har han en massa vapen me sej. Älgstudsare å sånt otäckt. När trenaren pratar en massa brukar jag slå dövörat till. Ja e ente så bra på franska så ja slår ofta dövörat till eftersom ja spelar fotboll i Frankrike. Han Gulliou kommer visst också från Frankrike, i alla fall hans familj, så jag lägger min röst på honom."

Bondmoran? "Skitlajåi. Spelafanengenroll. Röstar på Drängen. Han e så jedra mesig, ser ut som en kärring."

Drängen? "Jag röstar på Bondmoran. Det får räcka med en inkvoterad queer/transperson."

"Okej, det var alltså så deltagarna resonerade inför kvällens utröstning."

"Okaaj."

"Okej, men inte nog med det, eller hur Harald?"

"Okaaj. I dagens avsnitt ska deltagarna också delta i en spännande tevling. Den som går segrande ur tevlingen blir åttomatest immun och kan därför ente röstas ut.

"Å slipper alltså ta vagnen hem. En som hade problem med dagens tevling var Glenn Hysen."

"Naaa, jedra sket-tevling. Sprenga runt å jaga kor, fattlante nôtt. Bavafavablaabla...."

"Glenn e ju stark i kroppen fast ente i huvet. På huvet kanske, men ente i, så det gick ente så bra för honom i tevlingen. Ja kommer från Partille. Där hade vi inga kor när jag var liten, så det gick ente så bra för mig i tevlingen heller."

"I egenskap av före detta ordförande i publicistklubben, sveriges främste journalist, bäste deckarförfattare, meste bestsellerförfattare, bäste debattör och numera högste patron i grannskapet, finner jag det uteslutet att drängen Schymanns infångade nötkreatur skulle kunna anses vara fler till antalet än mina. Bland oss socialister boende på Östermalm ligger det inom hövlighetens ram att den med högst status också anses ha rätten att utses som vinnare i samtliga tävlingar, av vilken art de än må vara. Uppenbarligen tillhör nämnda Schymann en mindre utvecklad gren av den socialistiska rörelsen, och jag anser mig därför nödgad att böja mig inför programledarens korrekta, om än något tvivelaktiga beslut."

"Jag såg knappt röken av några kor. Dom verkade rädda och sprang raka vägen in i fållan så fort dom fick syn på mig. Äntligen en tävling som passade den enda kvinnliga deltagaren. Det känns härligt att för en gångs skull vara immun mot karlarnas lystna blickar."

"Näähää, serru. Ja gick in i fållan och satte mig, men inte kom det några kor dit inte. De måste vart nå fel på instruktionerna. Han Harald pratar så långsamt, jag hinner nicka till innan han har avslutat meningarna. Jag tycker det här var orättvist, jag."

"Okej, Harald. Nu ser vi fram mot kvällens uträstning, där Drängen, Gudrun Schymann, alltså är immun. Då återstår det att se om det är någon pakt på gång som kan påverka utfallet."

"Okaaj."

"Okej."

*

I förra veckans avsnitt blev Per Oscarsson uträstad och fick ta vagnen hem. Den här veckan har vi därför fått in en joker i leken, Lasse Kronèr, som spelar Bulten i Bo.

"Hä-hä-hä-hä-hä-hä-hä-hä-hä-hä-hä-hä-hä, Bulten i Bo. Der feck ja den också. Ha på sig storväst å sprenga omkring å larva saj bland drängar å piger. Å hon drängen setter å drecker rövin hela tiden, jå fattante nött. Hä-hä-hä-hä-hä-hä-hä. Va e de me henne? Hä-hä-hä-hä-hä-hä-hä."

"Men inte nog med det Harald, eller hur?"

"Okaaj.

"Okej. Är det inte så att vi har fått in en joker till? "

”Okaaj. Det är så att vi har fått in en joker till. Lasse Brandeby, alias Kurt Olsson, som alltså har fått rollen som rättare, och så här låter det.”

”Då hör vi upp allihopa på detta viset. Drängen tar på sig nåt för å hålla upp tufsenufsingarna som hänger och slänger där innanför blusen hela tiden, och så ser vi till att raka oss under armhålorna. Vi vill inte skrämma bort djuren. Dom har lika stor rätt att leva här i lagårn som alla andra.”

”Patron! Se till å få bort allt detta med jaktgevär och gamla horn och vinlådor som ligger här å skräpar hela tiden. Sånt har vi inte tid med har jag ju sagt. Väck, väck, väck, väck.”

”I egenskap av före detta....”

”Seså, näpsa inte nu då Janne en enda gång, det är väl ändå enklast om en bestämmer i en orkester.”

”Om Bulten i Bo ställer undan brännvinsflaskorna och kavlar ner ärmarna i stället för upp så får vi en trevlig dag utan en himla massa slagsmål hela tiden.”

”Bonnmoran ser till å spotta ut frukostgröten ur munnen så att dom andra deltagarna kan förstå vad han säger nån enda gång.”

”Pigan, du slutar upp med å skjuta en himla massa bollar på fåren hela tiden och kommer igång med mjölkningen nån gång. Vi har inte hela dan på oss.”

”Okaaj, de var alltså Kurt Olsson, alias Lasse Brandeby, som kom in i tevlingen som rättare.”

”Men de var inte alla som tyckte att han gjorde ett bra jobb, eller hur Harald?”

"De var inte alla som tôckte att Kurt Olsson gjorde ett bra jobb. Så här sa Kim Källström."

"De e veldi många kor å mjölka för en peson. Ja sa åt han Kurt å hjelpa tell lite, men han verka va rädd för kossorna. Han har nog koskräck, tror jag. De e vesst många som har det nu för tiden."

"Hähähä e du go eller. Drecka brännvinn å slåss me gamla kjeringar. Hähähähhähä va edde me dom. Hähähhähähä-hähähähähhhhä."

"Naaa, vetlante jå. Tjôti göbbe. Äta gröt kan han göra själv. Bavavavafavbba. Stark i krôppen. Skitelajåi."

"I egenskap av före detta ordförande i publicistklubben och med mina breda erfarenheter av att vara bekant med potentater som leder större lantbruksegendomar, är det alldeles uppenbart att nämnde Olsson varken innehar tillstymmelse till ledaregenskaper eller adekvat auktoritet för att kunna fullgöra sitt uppdrag."

"Det var alltså deltagarnas åsikter om Kurt Olssons insats i rollen som rättare. Tror du att Lasse Brandeby kan bli utsatt för en pakt och bli tvungen att ta vagnen hem, Harald?"

"Det får vi se i nästa avsnett."

"Okej Harald, men oj, det var ett fasligt levande på drängen, Gudrun Schymann, plötsligt. Nu kommer hon visst in till oss i studion med lien i högsta hugg. Det verkar otäckt."

"Nu har jag har fått nog av mansfixeringen i det här värdelösa programmet. Jag tänker rösta ut program-ledaren. Han är en tuppkyckling som precis som alla andra karlar borde kastreras med hjälp av slö lie."

"Jahaja. Det var värst. Nu sprang visst Harald sin kos och hoppade in i femmans spårvagn mot Sankt Sigfridsplan. Då ser det dessvärre ut som att det inte blir något mer av den här programserien. Tack för visat intresse!"

Inspirerad av radioprogrammet Salva som sändes i SR under 2005. Jörgen Mörnbäck medverkade som imitatör.